GOLOMBER
8 000
MILES

歌伦贝尔

八千里路

郭志凯　著

清华大学出版社
北京

图书在版编目(CIP)数据

歌伦贝尔：八千里路 / 郭志凯著. -- 北京 ：清华大学出版社，2015.5（2015.9重印）

ISBN 978-7-302-39834-9

Ⅰ．①歌… Ⅱ．①郭… Ⅲ．①游记－作品集－中国－当代 Ⅳ．①I267.4

中国版本图书馆 CIP 数据核字(2015)第 080753 号

责任编辑：张立红
装帧设计：郭志义
责任校对：杨庆杰
责任印制：王静怡

出版发行：清华大学出版社
　　　　　网　　　址：http://www.tup.com.cn，　http://www.wqbook.com
　　　　　地　　　址：北京清华大学学研大厦 A 座　　　邮　　编：100084
　　　　　社 总 机：010-62770175　　　　　　　　　邮　　购：010-62786544
　　　　　投稿与读者服务：010-62776969, c-service@tup.tsinghua.edu.cn
　　　　　质 量 反 馈：010-62772015, zhiliang@tup.tsinghua.edu.cn
印　　　刷：三河市君旺印务有限公司
装　　　订：三河市新茂装订有限公司
经　　　销：全国新华书店
开　　　本：170mm×230mm　　印　　张：20.5　　字　　数：118 千字
版　　　次：2015 年 5 月第 1 版　　　　　　　印　　次：2015 年 9 月第 2 次印刷
定　　　价：39.80 元

产品编号：063798-02

自然最好

音乐酷人狂，总觉舞台太小；
出京都霾城，奔漠北，炊烟墅杳。
逐边山，朝天吼，无拘无束年少；
弹尽失真音，即兴乡调，自然最好。

荒野开路，
车带房行，
任风雨飘摇。
摘朵带露黄花，嗅爱情原生味道；
拾残阳写情歌，胸起青春狂飚。
举再行酒，让心一夜醉倒。
美人何须敛娥眉，清风明月也风骚。

万水千山，地高天遥，
风云胆识，韶华谋略，
忘却功名，忘却喧闹，独倚风长啸。
歌伦贝尔，
音悦娱乐营销，
高，实在是高！

郭志凯

中国流行音乐的寻梦之旅。12辆房车、36人、一辆舞台车、携杜侑澎、青蛙乐队、坤鹏、李博凝（四组艺人）8000公里行程（北京出发、金山岭长城、赤峰、突泉、阿尔山、根河、呼伦贝尔大草原、加格达奇、漠河、黑河、俄罗斯、长春、沈阳、哈尔滨、北戴河、唐山、天津、北京）

漠河

塔河

呼玛

根河

加格达奇

黑河

海拉尔

五大连池

阿尔山

哈尔滨

突泉

长春

赤峰

沈阳

金山岭

北戴河

北京

唐山

天津

歌伦布

　　和很多人见面，第一句就会问我，什么时候有了歌伦贝尔房车音乐之旅这个想法？我挠挠头，思绪瞬间飞到去年的某个午后，在我黄寺大街的办公室里，开始正式讨论这个不可思议的想法，原谅我用这个词汇，现在对我而言，依然是这么认为。天知道当时怎么会有这个不可能完成的任务的超级想法。

　　公司的办公室挺大，阳光很好，可以直射进来，房间里瞬间温暖了许多，我记得，那天有我、九丁、翟强、杜侑澎，没记错的话应该是四个人。我们时而低语，时而亢奋，为歌伦贝尔房车音乐之旅做着精心的部署。其实，应该说，那会儿还没有想到做这件事情，在我记忆里应该是注册一家和房车有关，什么"在路上"、"摇滚一夏"等等诸如此类的网站，其实，这已经不是第一次开会了，但依然没有较大的突破。

歌伦贝尔
八千里路

北京

天津

唐山

北戴河

哈尔滨

沈阳

长春

俄罗斯

漠河

塔河

加格达奇

呼伦贝尔大草原

根河

阿尔山

突泉

赤峰

金山岭长城

北京市区
2014.7.18

议题不是很难，但大家都感觉不是很满意——我的茶叶很贵的，我心疼得呀！尤其是九丁的大水杯还喜欢浓茶，期间，上了好几次厕所，依然没有结果。最后，还是应该感谢翟强，他脱口说出了"哥伦布"（英文 GLB）这个想法，大家都觉得很满意，尤其是九丁，连连拍大腿，极度兴奋，他的样子感染了大家，最后一致通过，随后马上就注册了域名，效率很高，什么 com.cn。齐活儿。

这里应该重点提一下翟强，他个子比我高一些，皮肤略黑，跟我这种靠脸吃饭的人差了可不是一星半点，估计年轻时吸引了不少女孩；嫂子我见过，是那种特温柔体贴柔情万种的佳人，两人在一起算是标准的郎才女貌；儿子也特帅，十几岁了，现在跟他爷爷学画画——翟强父亲是我国很有名的画家，在这里就不提名了，否则，你们问他索画怎么办？

翟强是前郑钧乐队、天堂乐队的吉他手，在互联网方面也独树一帜，以思维缜密在业内有极高的声誉。我跟他的交往始于一起合作了怒放摇滚演唱会，当时在某个垃圾音乐人攻击我们时，他短信发给了我一段话，让我记忆犹新，如醍醐灌顶般受用。后来，和他有了园博园房车营地等项目的合作，但由于种种原因，再后来的合作没有继续，此刻落笔的时候，我依然想念这个大哥。

有了这个域名之后，便开始召集一些业内精英开始进行此事，那天夜里应该约了武鹏（凤凰网）、焦薇（前京华时报资深编辑）

两位资深媒体人，还有网站设计专家王璐（淘宝网），将网站这件事情做了推进，我的本意很简单，就是想让武鹏出人帮助网站做运营，焦薇做内容提供，王璐负责页面设计。当晚的酒局氛围不错，大家都对房车事业表现出了无比的热爱，可谓前途似锦呀！

但后来的结果出乎了所有人的意料，网站除了有一个普通的页面，没有其他任何进展，我后来仔细再想这个问题，为什么做一个网站是如此艰难，虽然是好友，但他们没有坚持和我们一起玩的真正缘由，应该是觉得这事有点不靠谱，短时间看不到效益吧。其实，我后来没有问他们，但我个人当时是那么认为的。

其实，包括现在我还是为当年的那个决策没有实施而感到后悔，肠子都悔青了。这些琐事看似和歌伦贝尔房车音乐之旅没有任何关系，但其实不然，他们有着不可分割的关系。

2014年春节过后，九丁重新回归北京智动星河文化传媒有限公司，作为公司董事和我、杜侑澎共同战斗，歌伦布房车音乐之旅再度被提上了日程。那时候我的公司已经搬到了北苑的万科星园，其实，我挺怀念黄寺大街那个地方的，交通便利，唯一美中不足的

北京

天津

唐山

北戴河

哈尔滨

沈阳

长春

俄罗斯

漠河

塔河

加格达奇

呼伦贝尔大草原

根河

阿尔山

突泉

赤峰

金山岭长城

北京市区
2014.7.18

是公司的窗户外面是一家不靠谱的医院，很多人说风水不好，起初不信，说的人多了心里就不舒服了。其实，新公司这里也还行，环境优雅，最重要的一点是这地方离奥林匹克森林公园比较近。一楼有个院子，我还是挺满意的，再有一点是比较安静，还能种一些花花草草，这一点和我的兴趣完全挂上了钩。估计可能是我生于农村的缘故，当时我高兴得无以言表。

我在花园里种植的美人蕉、南瓜、葡萄，还有一种特别好养活的"烧汤花"，枝叶茂盛。小时候人们坐在院子里吃饭，院子里都有这种花儿，特别好养，给点水就盛开，小花儿一朵朵别提多好看。或许是有这种情结在作怪，现在看到它会有一种久违的亲切感。

小区旁边有三棵桃树，枝叶没打招呼直接伸进了我的花园，我这么大方，当然表示欢迎了。花园里还有一个秋千，那段时光应该说是最美的、最惬意的一段时光，中午不想走的话，阿姨再给准备点午餐，下午再来点下午茶，这完全是房车户外生活的原始版本呀！

露背美女 图

我的小院吸引了很多朋友的注意，隔三差五就来小坐片刻，间接为公司拉来了不少业务。

九丁就是那些朋友中的一个。他是我同乡，这哥们儿年轻时老帅了，标准的小白脸儿，近几年在房车领域做得也是风生水起，提起本名可能无人知晓，但绰号"九丁"一讲出来，那可是鼎鼎大名呀！三里五村都知道。现在蓄起山羊胡儿，戴个蒙古帽子，大侠范儿十足。

想想认识也有 20 多年了，他和我

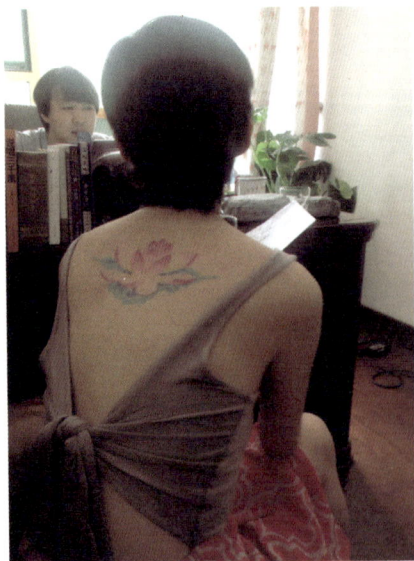

北京

天津

唐山

北戴河

哈尔滨

沈阳

长春

俄罗斯

漠河

塔河

加格达奇

呼伦贝尔大草原

根河

阿尔山

突泉

赤峰

金山岭长城

北京市区
2014.7.18

身边的一帮搞乐队的朋友都是铁瓷。当时，他在洛阳环保局工作，而我的父亲则在经营一家建筑公司，在环保上有点麻烦，最后是九丁帮我搞定的。这件事情发生在 2001 年，后来当我提起此事时，他早已忘到九霄云外了。滴水之恩，涌泉相报，这是我的座右铭，这也是后来我们成为兄弟最重要的一个因素。

在 2010 年左右，九丁计划在洛阳他经营的啤酒广场做一个音乐节，很可惜由于种种原因未能如愿。我当时觉得，这哥们有点忽悠，有近两年的时间没有搭理他，但并没有影响我们的兄弟情谊。三年后，他来到北京，在卢沟桥园博园附近做了一个房车营地。初来北京时，某天晚上在我家喝了一次大酒，他提起这个项目时，我不以为然。我甚至觉得命运和原来的啤酒广场音乐节一样，随时都有夭折的危险。但后来，没想到的是，这件事情将我们哥几个绑在了一起——我们共事了——造化弄人啊！更没想到的是，后来我会和房车结缘。当然在合作期间，我们也出现过一些矛盾，但最终都得到化解。九丁认为房车是一种生活工具，它最大的好处是可以把你带到自然中去，可以把你的家带到你想去的任何地方。他经常和朋友说："我的家很小，可是我的院子很大。高山、大海、草原都是我的院墙。"

歌伦布房车音乐之旅这个创意起初是杜侑澎提出的，得到了九

丁的认可，我当初对此半信半疑，觉得难度太大，走走看看再说，所以迟迟没拿主意。九丁与杜侑澎对此有些懊恼，但无计可施，只能用行动感染我，希望我能够尽快进入状态与大家并肩战斗。其实，那会儿我特别矛盾，因为没有找到合适的赞助商，如果自己掏钱的话压力会很大，这确实违背了我的本意，让我左右为难。

后来，事情的确有了转机。应该是和金兆钧（金爷）喝了一顿大酒，也跟他说了这件事情，他的意思很明显，事情是好事儿，但确实棘手，望三思而后行。后来，我们在武鹏的公子百天酒那天意外地遇到了付林老师，席间，旧事重提，出人意料的是，这个异想天开的想法得到了付林老师的充分认可，他觉得这件事情太有意义了，并邀请我们团队下周去流行音乐家协会和金兆钧做更进一步的探讨——这应该算是比较坚实的一步。

流行音乐家协会离我们公司不远，午饭后去的。金爷的办公室不大，对面有个年轻人在午休，我特意给金爷带了一个许巍蓝莲青韵的背包，很好看，金爷说，这是年轻人的玩意儿，我可用不了，我幽默地说："爷！这不是给你的，这是给咱家姑娘的。"大家哄堂大笑。

簋街的川菜馆生意兴隆，是金爷的主场，经常光顾。那天，我、金兆钧、李广平、邵军、代永强、九丁、杜侑澎开始了非常具有代表性的一次饭局，在吃饭前30分钟内，金爷安排好了一切工作，协会如何参与，如何下批文等等对接工作，效率之高，实属罕见。之后，大家好好喝了一顿酒，都没喝多，恰到好处。

　　望京某爱车俱乐部办公室里，九丁带来了李沆龙，他是哈尔滨的奥运火炬手，具有传奇色彩的人物，一直在做冰雪拉力赛，五大三粗的样子，看上去不拘小节，但实际上"野心勃勃"，一直希望能在赛车领域做些大事，但很可惜，事与愿违，近几年郁郁不得志。所以这次遇见我们，应该说是上天注定的缘分。不知什么缘故，我一看见他就想乐，他的面相天庭饱满、地阁方圆，一副拯救世人于水火之中的慈悲相。除了李沆龙，还有一对在房车领域很有影响力的夫妻。但后来由于种种缘故，我们没有和这对夫妻合作。我觉得这可能是气场问题吧。还有业内领军人物晁军，和其手下得力干将鹏飞，大家开始研究合作模式和定制音乐之旅的路线，关于股份的问题扯得有点久，但最终还是达成了一致，我手机没电了，坐在靠椅上充着电昏昏欲睡，时不时地说点自己的见解，多是一些不疼不痒的无关全局的话儿，但对提升整体氛围还是非常有益的。一切进展得都很顺利。

　　搜狐网又搬了新地址，我离开搜狐娱乐已经有 4 年的时间了，作为红遍全球的"屌丝男士"大鹏的前经纪人，此时再度回到新办

歐伦贝尔　八千里路

0 09 _

北京

天津

唐山

北戴河

哈尔滨

沈阳

长春

俄罗斯

漠河

塔河

加格达奇

呼伦贝尔大草原

根河

阿尔山

突泉

赤峰

金山岭长城

北京市区
2014.7.18

公室居然有略微的不适。以前的老同事看到我进来热情很高，频繁地打着招呼。大鹏正在办公室筹备自己的新电影《屌丝男士》，看到我进来也很热情。九丁和杜侑澎的本意很明显，诚邀大鹏加盟歌伦布房车音乐之旅，大鹏了解到此事之后，表现出浓厚的兴趣，但还是提到了自己在筹备新电影的事情，而且一下子要出去近一个月的时间，几乎不太可能。不过他表示如果自己中途有时间的话可以飞过去参加几站活动，这对于音乐之旅而言，也是一件振奋人心的事情。从公司出来之后，我多少还有些失落，应该说我离开搜狐这几年很少和大鹏提到合作的事情，大家是兄弟，保持即可，没想到是用这个方式见面，哎，那会儿的感觉真的有些忧伤，甚至觉得有点掉价，我们还没弄明白这件事情究竟要怎么搞呢，就去找朋友帮忙，这样的话会让朋友觉得我们的能力有问题，至少那个时候我是那么考虑的。很可惜这两位爷不懂我的想法。

小飞总是那么忙，作为中国最牛的音响器材提供商，这趟行程还真少不了他的帮助。午夜望京的某咖啡馆里，他风尘仆仆杀到，见到我，听完我们跟他说的事情，提出所有音响设备外加乐器，只有那点预算，小飞头摇得跟拨浪鼓似的，说啥都不干，指着我说："哥！你别逼我，你再逼我我就去喝敌敌畏，这活儿真没法干（这句是他的口头禅）。"说句实话，我真不愿意难为这位好兄弟，但就那点预算，只能没脸没皮地舔着脸死磕，我说："你可知道我们有多爱你！我要带你飞到天上去，谁让咱俩是兄弟呢？"小飞没辙，只好推说两天后回复，那天就散了，但我们心里还是有谱，这哥们儿没问题。

山猫基地，和赵宁、李颖哲的谈判很不顺利。一来，他们团队专业，二来多是外聘员工，一下子出去一个月，费用太大，况且他们开出的预算已经很低了，但对于捉襟见肘的我们而言，还是承受不起，喝茶到日落也没有进展，用立冬的话说，愁死我了！我对此摇了摇头，也没了主意，和他们的谈判彻底告吹。晚上，19点钟，突然五颗大钉子居然点亮了灯光，如夜空中最闪亮的星，瞬间让那个人心情一片大好，"我祈祷拥有一颗透明的心灵，和会流泪的眼睛，给我再去相信的勇气，越过谎言去拥抱你。每当我找不到存在的意义，每当我迷失在黑夜里，夜空中最亮的星，请指引我靠近你。"星星仿佛在夜空中眨着眼睛说："三位兄弟，别泄气，路都是人走出来的，加油！我看好你们呦！"

北京

天津

唐山

北戴河

哈尔滨

沈阳

长春

俄罗斯

漠河

塔河

加格达奇

呼伦贝尔大草原

根河

阿尔山

突泉

赤峰

金山岭长城

北京市区
2014.7.18

下午,鹏飞和杜侑澎的交谈不是很顺畅,只能等晁军过来拍板了,那天 九丁从洛阳赶来,我们直接到了晁军家附近的大排档,还给他带了洛阳榆树园赫赫有名的烧鸡,和一个清朝的古董盘子——礼物很丰厚呀。我开玩笑说:"九丁哥!事情成不成无所谓,你把这么贵重的古董都拿来送礼,这哪行呀!200多万的礼物,你这让晁军收还是不收呢?你这不是让他为难吗?干脆这样,你们几个先聊,我把古董先拿回家好好放起来,别给摔碎了,多不好呀。"我直接去晁军手里拿盘子,弄得晁军哭笑不得, 九丁也哈哈大笑。

当晚的合作谈判得不是很愉快,晁军是一个生意人,这让我多少有些不爽,但没说什么,每个人心里都有一个小算盘,成不成无所谓,做不做兄弟也无所谓,最重要的是气场对不对路,这一点就很重要了。之后过了几天,谈判正式破裂,但晁军也表示了诚意,他提出来,除了协助承德金山岭长城站完成新闻发布会,其他的行程就不参与了。事已至此，也只能如此了。

　　我认为，真正的合作是需要互相信任的，并且一定对某些项目要有极高的前瞻性、要分清项目的优劣，而不是单单用金钱去衡量。对于这样有潜力的项目，可能在前期不会带来多少收益，但它对公司形象、品牌价值等方面是非常有益的。一个成功的商人，应该有独特的眼光和准确的判断力。我们做了这样一件破天荒的事情，虽然不能让你在收益方面达到预期，但这样一些行业当中的精英人群，难道不值得你去交往吗？当然，这里我指的是朋友。但很可惜，我们不能成为朋友——连成为朋友的机会都没有了。

　　视频团队的谈判很不顺利，接二连三地受挫，让大家很受伤，另外，大家查了一下网站，"哥伦布"这个品牌已经被一个欧洲的公司注册了，这是一个很大的打击；更大的打击是，由于品牌的问题，原来和一家赫赫有名的户外用品公司谈好的赞助泡汤了。

　　一系列的受挫，让大家心里很不是滋味，左思右想之后，"歌伦贝尔"这个名字终于浮出了水面，千呼万唤始出来。晚上，我给坤鹏打了一电话，希望他能够加盟音乐之旅，以导演的身份出现，带领自己的拍摄团队加盟，令人意外的是，坤鹏毫不犹豫地答应了！在这里感谢这位好兄弟，对这次房车音乐之旅所做的贡献。那一刻我深感欣慰。

北京

天津

唐山

北戴河

哈尔滨

沈阳

长春

俄罗斯

漠河

塔河

加格达奇

呼伦贝尔大草原

根河

阿尔山

突泉

赤峰

金山岭长城

北京市区
2014.7.18

启程

北京

天津

唐山

北戴河

哈尔滨

沈阳

长春

俄罗斯

漠河

塔河

加格达奇

呼伦贝尔大草原

根河

阿尔山

突泉

赤峰

金山岭长城
2014.7.19

北京市区
2014.7.18

歌伦贝尔房车音乐之旅最重要的一个元素并没有完全落实，那就是舞台车，如果少了它的话，整体或许会大打折扣，这是当时我们三个人多方权衡达成的共识，事实证明，这种想法是相当英明的。

在国内，房车分为拖挂式房车和自行式房车。前者当然是依靠类似于北京吉普这样的越野型装上挂钩，拖曳房车前行。像艾威国际房车就属于拖挂类房车，必须依靠头车（牵引车）来前行。自行式房车就无所谓了，像普通车辆直接行驶即可。

我们在找寻舞台车的这件事情上还是遇到许多波折，原来我们估计舞台车供应渠道会很多，因为在地方上许多文化馆举办活动时都会使用它，我们试着在网上通过各种渠道获得与舞台车有关的信息，但结果并不尽如人意。曹可去了一趟潞州，和一家舞台车的提供商做了沟通，之前对方在电话里说得好好的，可以提供赞助，以再付一些钱的形式来合作，但最终他们出尔反尔，希望我们在他们工厂定制一辆舞台车，我们简单做了一下小的预算，需要人民币60多万——这委实超出了我们能力范畴。那几天我们陷入了窘境。

关于舞台车的这个想法，曹可还和艾威房车的廖红斌商议了一下。廖总的意思很简单，自己公司由于在忙另外一些事情，拿不出太多的车支援这次房车之旅，但他还是要出一辆车，由于没有头车(牵引车)，他希望我们找一辆头车，由他负担这辆车的所有费用。其实，说实话，对于廖总我们是没的说的。

廖总这个人挺有意思，喜欢穿一些色彩鲜艳的运动装，让他充满活力。他对朋友热情豪爽，尤其是和大家吃饭时，几乎从未让别人买过单，这一点我太喜欢了！他在房车圈应该算是"诸侯"的角色，在销售房车方面获得大家的交口称赞，去年的房车西藏行，在国内开创先河。这里要为他点一个大大的赞哦！

去年，杜侑澎新专辑出炉，廖总听完后甚感喜欢，把这首《心随路远》定为自己艾威国际房车的形象歌曲，出资拍摄了MV，并且力荐这首歌成为了第80届国际房车露营展的主题歌。他还赞助了一场演唱会，弄得我特别不好意思。说实话，即使艾威房车不提供这辆车的费用，我们也愿意和这样对中国流行音乐做出卓越贡献的商家合作，因为，在我看来，每一个愿意为中国原创音乐投入一分钱的商家都值得每一个音乐人尊敬，话说得有点大，却是一个不争的事实。最后，杜侑澎提出了一个想法，希望艾威房车的立冬能够跟我们一起出发，一方面是跟他以往的合作一直很默契，另一方

去赤峰路上车队　图

面也因为他参加过艾威房车的西藏行。我们这个团队在远途行军方面不是很专业，特别需要这样有经验的好手参与进来，这样保险系数会增加很多。这个想法，廖总居然同意了。事实证明，立冬对于这趟房车音乐之旅的帮助超出了想象。

大家可能对杜侑澎这个人有些陌生，在这里我给大家隆重介绍一下吧：原名杜磊，河南才俊，身材清癯，面容俊秀，让人有种如沐春风之感。当然，和我比不了，我会让你感到一种前所未有的激情，当然，这点都是

冀蒙界合照　图

对女生而言。

　　杜磊 2001 年参加河南省大学生歌唱比赛荣获冠军，之后签约香港大地唱片，和我的兄弟田华做了一个组合，发行过一张《香草季节》的唱片，当然那是以前的事情了。去年，我作为出品人，协同内地炙手可热的功勋音乐家李延亮一起为其量身打造了一张新唱片《心随路远》，你可以在网上听一下，据说还不错哦！

　　我当年初到北京，就住在杜侑澎家里，他在我后来的事业发展路途上功不可没。我们后来一起做了一个公

司，还弄了一个"菲比寻常酒吧"，后来由于拆迁关掉了，现在全力在做歌伦贝尔房车音乐之旅。其实我们哥俩儿感情挺好，但不知为何近期总是无休止的争吵，这让我很是郁闷。我有时候也在自省，但始终找不到答案，但我隐约间还是会感受到一种不安定的因素，担心这种情感会影响到这次行程。我希望这些疑虑都是多余的，如果感情要是如水般纯净的话，那该多好！

虽然廖总提供了一辆艾威国际房车，但我们还是要继续寻找舞台车。北京有一家舞台车租赁，地处东四环，我和杜侑澎去看了一下，基本上还算满意。那家公司也比较专业，许多大型活动也都是他们在做，就是租赁价格有点高。那个老板比较较真，不是很好沟通，应该说我算是一个专业的谈判专家了，但遇到这样的主儿还是没辙，但我还是侃到了低价，基本上在预算之内，大家可以接受，就是车辆看上去有些老化，这一点我比较担心。

现在想想当时的担心是对的，如果当时对舞台车一些专业性有一些了解的话，比如说对正常速度是多少等等问题做一个详细的调研，就更好了。因为一般的舞台车大多在市里做活动，开到活动现场往那里一停放就齐活了，我们的这个可不一样，一直都在路上，全程7000多公里，如果半路上抛锚就抓瞎了！我当时对这个也没有什么概念，这家租赁舞台车的老板心里也没太多底，大致觉得应该可以对付就拍胸脯了。这当然都是后话，在当时那个情景我没有

北京

天津

唐山

北戴河

哈尔滨

沈阳

长春

俄罗斯

漠河

塔河

加格达奇

呼伦贝尔大草原

根河

阿尔山

突泉

赤峰

金山岭长城
2014.7.19

北京市区
2014.7.18

想那么多。

最终，大陆房车的石头和陆畅出了2辆拖挂型房车，李沅龙和曹可的车作为头车（牵引车），再加上梦之旅的3辆车，郑州宇通的几辆，再加上其他几辆车友的车辆，前后共计12辆房车，终于凑成了一支完整的车队。我当时最大的困惑是，我们临时拼凑的这些房车会不会显得不专业。我曾经和曹可提过，最好能有一些靠谱的文件来约束一下我们和这些房车企业。但由于时间确实紧迫，有些只是依靠江湖规矩口头承诺了一下，我们也就应允了。现在想想也多少有些着急，心急吃不了热豆腐，就像这个朝阳产业一样，永远热情似火的，像一个青春无敌的毛头小伙儿。我特别期待有一天，所有的不确定因素都能够得到妥善解决，那样的话才足以证明这个产业真正强大起来了，那时候我们的团队也就更加成熟。说这些一定会被曹可骂，但无所谓了。理想和现实之间永远存在差异，而如何用专业的手法解决现实的问题去实现理想，这才能证明你的价值。这些是我一直想说的心里话儿。

舞台车的背景板和喷绘的字样，钟建军的公司迟迟没有出成品，这个时候距离出发只有 2 天了，急死我了。我问了一家经常合作的公司，预算挺高的，根本接受不了，但他给推荐了一个朋友的公司，没想到预算一出来比他报给我们的还高，郁闷死我了。后来，我推心置腹地跟负责的姑娘聊了 40 分钟，把她聊得都快哭了，终于答应了我的要求，费用在预算之内。但那个姑娘提出了一个要求，就是要送给她一本签名小说，我

说妈呀！那可难了！你再想办法给减免 1000 元费用吧！姑娘都疯了，估计我站在她面前，她会怒气冲冲地用脚踹我！第二天，她找了两个工人帮忙张贴

北京

天津

唐山

北戴河

哈尔滨

沈阳

长春

俄罗斯

漠河

塔河

加格达奇

呼伦贝尔大草原

根河

阿尔山

突泉

赤峰

金山岭长城
2014.7.19

北京市区
2014.7.18

这些标示，干了一天才完工，我觉得她是一个好姑娘。

坤鹏来北京两天了，一直没有质的进展，和他找的团队见过几次，和人家谈理想啥的都没用，人家要的是实惠。那天来公司的一个女导演挺漂亮的，还出过两本小说，那背露得跟没穿衣服似的，弄得公司的小姑娘们都受不了了。那天她和我做了一个详谈，但由于周期较长，她也在拍自己的纪录片，所以又没有达成共识，比较遗憾。如果团队中有这样的美女，这趟行程该是多么充满诱惑呀，后来，行程结束后，回到北京收官演出的时候，杨樾和我聊天时说，你们这趟比较苦逼，连妞儿都没有，一帮大老爷们儿生活是多么无趣呀，跟出家没有什么两样。

坤鹏的一个拍婚纱摄影的哥们儿人不错，聊得很好，但还是打了退堂鼓，可是我也不能怪人家，每个人都有自己的事情，我们也强求不来，不是每个人都像我们一样，为了理想什么都可以放弃。不过他提供了一家租赁摄影、摄像器材的公司相当靠谱，坤鹏列的清单一应俱全，应有尽有，让坤鹏很是开心，但还是需要我去砍价，那会儿只想骂娘，但也无奈，毕竟这次是我们自己出资，都是血汗钱呀！和租凭公司那位名叫将军的哥么儿聊得特好，从过去到未来，从人生到理想，再延伸到对中国流行音乐的现状捶胸顿足，多么需要我们这些充满理想的有志青年来为江河日下的流行乐坛力挽狂澜，喷得我口干舌燥，最后终于便宜了几千元钱。坤鹏连连咋舌，不得不跟我说："哥！你别跟人再砍价了，人家都不赚钱了！即使在成都，这个价格想都别想！"我和他团队的成员颖哲、何康都乐了！

与此同时，乔锐嫂子那边的进展也很顺利，生活用品还有被褥什么的也都备齐了。我特别欣赏这个娘们儿，长得就像是一个好媳妇儿，做起事却活活一女汉子！这词你懂吗？不懂的话自己找照片去！尤其是开起房车虎虎生风，最重要的是待人接物在掌握尺度方面真没的说，我这人多挑剔呀，但还真挑不出来她啥问题！曹可娶了她真是淘到宝儿，幸福呀！没有她，相信曹可的日子，想想都后怕。而乔锐在经济方面和我的思路完全吻合，这一点让我十分意外。知道什么叫"最佳拍档"吗？我俩就是传说中的那对儿！

杜侑澎前几天找了一个赞助，也有了眉目，人家答应给提供一车糖果、点心啥的，我们都很开心，那天让余爽他们找车去拉，我特意叮嘱了她一下，一定要注意看生产日期，食品这东西可不敢打马虎眼儿——人命关天啊！没过多久，余爽打来了电话，她说，生产日期确实有问题，都是过期产品，问我如何处理，我说你们回来吧，这个东西可不是开玩笑的事情。期间，和曹可通了一个电话，他居然和我急了，他的意思很明确，白给的为什么不要，我阐明立场，仔细、严肃地跟他讲了我的观点，最后，在我义正言辞的口吻下，他妥协了，同意了我的做法。事实证明，那个决定何其英明，如果拉一堆过期产品到公司，再支付一笔车辆租赁费等其他费用的话，食品不能食用，砸在手里，还要给那家厂商做广告，那才是亏大发了！这赔本生意能做吗？

在演出内容方面，我和杜侑澎在人选方面还是出现了分歧，原来计划找的一些乐队由于费用等原因都未能如愿，这多少让人有些失落，而我本人也不愿意舔着脸去求别的乐队。杜侑澎本人最需要解决的是一个乐队班底的问题，如果用许巍原来的小盛、小闪电这类好乐手，时间上不允许，另外，出去这么长的时间也不现实，他们还需要跟许巍演出，这可真的难住我了。让一个乐队放下一切，跟着我们玩一个多月，这真的太难了！

最后万般无奈，我才拨通了彭钧的电话，作为青蛙乐队的主唱，他和我相识十年，但一直没有质的合作，这一点颇为遗憾。这次找他一方面是好哥们儿，另一方面我觉得这件事情前景还是很光明的，没想到他非常赞同我的观点，但就是吉他手和鼓手有问题，因为贝斯手杜渡是好兄弟，没有问题。后来，杜侑澎又通过小闪电他们找到了吉他手大语和鼓手强子，终于凑齐了乐队班底。我长长地舒了一口气，这时候，坤鹏又来添乱，他还想带着他的银河青年乐队加盟呢！烦得我呀！我说，兄弟，你此行的任务就是把纪录片给我拍好，是导演而不是歌手。好说歹说，他才同意！弄得我一头冷汗！

其实，前期的筹备工作还是显得有些仓促，如果时间再充足一些的话，效果就更好了，但对于这些，我们团队也没想那么多，说走咱就走呀！风风火火闯九州啊！

北京

天津

唐山

北戴河

哈尔滨

沈阳

长春

俄罗斯

漠河

塔河

加格达奇

呼伦贝尔大草原

根河

阿尔山

突泉

赤峰

金山岭长城
2014.7.19

北京市区
2014.7.18

漠河

塔河

呼玛

根河

加格达奇

黑河

海拉尔

五大连池

阿尔山

哈尔滨

突泉

长春

赤峰

沈阳

金山岭

北戴河

北京

天津

唐山

万里长城永不倒

我知道在大家心里都渴望有一个高大上的新闻发布会，这样至少可以告诉别人，我们出发了！这可能是中国人做事情的一个仪式吧！这和某家商铺开业，恨不得鞭炮齐鸣、舞狮团助兴，一帮大佬剪彩，寓意生意兴隆是一个道理。像我们这样悄然进发、不按常理出牌的并不多见，但我

北京

天津

唐山

北戴河

哈尔滨

沈阳

长春

俄罗斯

漠河

塔河

加格达奇

呼伦贝尔大草原

根河

阿尔山

突泉

赤峰

金山岭长城
2014.7.19

北京市区
2014.7.18

金山岭　图

当时并没有想那么多，因为这是别人想都不敢想的一次旅行，顾不了那么多了！

坤鹏是团队的最后一拨，因为还有两个摄像头没有到位，他们在将军的设备租赁处等候，一直到摄像器材全部到位才过来和我们汇合，见面时已经接近午夜了。一行人浩浩荡荡前赴后继地在月亮婆婆的指引下悄然行进，开始了这场史无前例的旅程。

大家都不习惯开夜路，包括我。原来我还想使用自己的"良驹"，但一想到路途遥远、那么多的山路就放弃了，这一点让曹可和杜侑澎很是看不起，他们

金山岭上金兆钧在讲话　图

觉得这么好的车不拿出来练练，就是小家子气。我不想争辩什么，爱谁谁吧！反正那么远的距离我心里没底，男人有时候小气一点是可以理解的！我说的对吗？万一在山路上搁浅，那就傻了，事实证明我当时是多么英明，沿途中各式各样的路上，都能让我的车歇菜，好险好险。

　　北京到承德金山岭长城150多公里的路程大家开了4个小时，夜晚安静得出奇，黑漆漆的，有些瘆人，只听见车辆行驶的声音。已经是午夜了，大家连聊天的兴趣都荡然无存，只期盼能够快一点到达目的地。其实，原本用不了这么多时间，主要原因可能是下了高速之后，迷失了方向，再加上山路比较难走，多走了许多冤枉路，到终点的时候已经是凌晨4点多钟了。原来的合作伙伴鹏飞还是出现了问题，这个点儿给谁打电话都显得不合时宜，唯一能做的就是抓紧时间睡觉。大陆房车的"搬家工"房车、艾威房车都派上了用场，每辆车都挤得满满的。天气有些炎热，大家就直接把车厢门打开，男人们光着膀子就睡了，我也困

歇伦贝尔　八千里路

北京

天津

唐山

北戴河

哈尔滨

沈阳

长春

俄罗斯

漠河

塔河

加格达奇

呼伦贝尔大草原

根河

阿尔山

突泉

赤峰

金山岭长城
2014.7.19

北京市区
2014.7.18

得不行，找了个房车就趴窝了。管不了有没有蚊子了！爱谁谁吧！

没睡多久，熙熙攘攘的游客就把我们吵醒了。十几辆房车排成一排，蔚为壮观，游客们都围着我们的房车瞧稀罕。我们像动物园里一只只关在笼子里的动物，呆呆地看着围观的人群，里面的姑娘不少，妈呀！赶紧看看裤头里小弟弟有没有"晨勃"，那可就尴尬死了，低头一看，还好，时间还没到！它还在和周公聊天。

早晨，桌子椅子一摆开，各种茶具一应俱全。喝着茶，我还在想着早饭如何解决，乔锐嫂子已经在准备了，真的是太给力了，但我忘记了那天早晨吃的什么。嫂子沏茶有点水准，知道我爱喝绿茶，给来了一杯，看来，每个人心里都有一个嫂子！唱首颂歌吧！嫂子！噢！黑黑的嫂子黑黑的你！

县政府的人来得晚了一些，就住宿一事做了简单沟通，由于这地方比较偏远，我们需要的客房数量根本无法满足，无奈只能在农家院住了。我去看了房间，倒是挺干净，但说实话，里面的十几间房确实很差，有点远，但无所谓了，我们出来不就是来受苦的嘛！况且，实在不行的话，我们不是还有房车？要房间的主要原因是女孩们洗澡、上卫生间略微方便一些，其他还真无所谓。这么好的空气，在房车里，或在金山岭长城上搭个帐篷，那才是最好的状态。

金爷（金兆钧）和张树荣、邵军他们要过来，我跟县政府的人沟通之后，又给了一个小院子，比较安静，当然和星级宾馆比不了，但这样的地方能够调出房间已经很不容易了。县政府那哥儿们真的挺给力的，人家那么好，我们当然也不能再说什么了！那样的话不是显得我们过于挑剔嘛！其实，我们也是好人哦！

金山岭长城要比八达岭长城原始很多，开发比较晚，还在建设中，但未来前途不容小觑。当地政府的决心很大，通往长城的两边也被山民占据，兜售山货、礼品，他们多是本地人，从眼神中可以看出大多比较淳朴。当然，偶尔也有害群之马。我们的房车在通往山顶的时候，就被一个村民的推车堵上了，可能是我们的人说话不是很客气，对方急了，就把车停在路中

歌伦贝尔
八千里路

北京

天津

唐山

北戴河

哈尔滨

沈阳

长春

俄罗斯

漠河

塔河

加格达奇

呼伦贝尔大草原

根河

阿尔山

突泉

赤峰

金山岭长城
2014.7.19

北京市区
2014.7.18

间，死活不挪开，各种叫板，还好曹可和县政府的人一起和对方协调，最终才得以解决。那会儿我没在，听到这事儿，我火蹭蹭往上窜，以我的臭脾气，在的话还不把他车掀翻，臭揍他一顿。我跟身边的人开着玩笑。其实我心里知道，谁在都没戏，强龙不压地头蛇这道理到哪里都一样，最重要的是别把我们的事情耽搁，这是正道。

演出现场真的可谓是高大上，演出的大幅喷绘直接挂在金山岭城楼下面，很是壮观。我感觉，我们这幅海报背景墙完全有挂在前门楼子的感觉，我们在天安门前演出呀！给全国人民演出呀！不对，这是幻觉，我们在长城上演！我好想带个姑娘浏览一下金山岭长城的风貌呀！可是我就看了一座城楼，这该多遗憾呀，

演出 图

演出 图

你们永远都不知道一个伪文艺青年内心的痛苦，这句话有诗意吧！告诉你吧，我抄袭别人的！

　　金爷带着家人、张树荣和邵军也都先后赶到，他们对演出现场以及周边环境都表示了认可。有领导的肯定，我们的心才放到了肚子里，这他妈多虚伪呀！这都是我自己想的，就是想让几位爷夸夸我们，给我们的这次活动打打气。中午，邵军发短信让我过去，陪着金爷他们一起吃饭，主要原因是和对方的县领导不熟。而对方显然没有做足功课，并不知道金爷、张

北京

天津

唐山

北戴河

哈尔滨

沈阳

长春

俄罗斯

漠河

塔河

加格达奇

呼伦贝尔大草原

根河

阿尔山

突泉

赤峰

金山岭长城
2014.7.19

北京市区
2014.7.18

树荣在中国乐坛的地位。我在的话，场面不至于尴尬，会好很多。但由于现场的事情颇多，我不能陪着他们一起吃饭，但还是和曹可端着酒杯敬了一圈，场面氛围逐渐热闹起来。

房车左右排开，完全按照演唱会标准声场设计的呀！作为汪峰、许巍的御用调音师，小鹏上去三下五除二没用多久音响就噪起来了，音响绝对是一流的，再加上灯光师小赵同学的添砖加瓦，演出还没有开始，台下的观众早就已经沸腾了。由于场地不是很大，再加上一些游客提前回家，场地里来看演出的多是管理人员，和一部分游客，还有北京来的助威团，大约有900人左右，天然的 Live House 的感觉。

晚上19点30分，演出正式开始。我把好朋友新浪娱乐的一姐赵宁同学拉来助阵，哎！又拿脸来刷，这人情何时能够还上呀？今晚的演出应该算是比较精彩的，谷亚潼、周云山与乐队、王佳伟、李博凝、彭钧与青蛙乐队、杜侑澎，这多么组艺人的演出使出浑身解数轮番上阵，完全是音乐节的玩法，这让现场的观众欣喜不已。每个人都不是大牌艺人，但他们的音乐水准绝对不输给任何人，每个人在通往音乐这条道路上，都付出了自己的青春热血，在这个如此神圣特别的地方无偿为歌伦贝尔房车音乐之旅演出，这对于我们而言，是多么值得骄傲的事情呀！

　　演出时，我的新书《那笑容是夏天的》在舞台旁签售，效果还不错，或许是和这个季节比较搭的原因。另外，我和杜侑澎做了一个最大的决定：把这本书和《心随路远》这张新唱片的全部款项都捐给王佳伟，用于她的治疗费。这里要做一个说明，她患尿毒症多年，每周三次透析，非常辛苦，军区某医院也给了很大的支持，给减免了不少费用。

　　我和王佳伟说来比较有渊源，早在我和杜侑澎开"菲比寻常酒吧"的时候就认识了她，但那时候的我们尚处在新公司组建的时期，再加上酒吧的生意不是很好，实在无力来帮助她，这一点让我耿耿于怀。好在前几天和李延亮帮她录制了一首歌曲《原来你不是一个人在旅行》，值得一提的是，亮哥几乎是义务帮忙，没有收钱。

北京

天津

唐山

北戴河

哈尔滨

沈阳

长春

俄罗斯

漠河

塔河

加格达奇

呼伦贝尔大草原

根河

阿尔山

突泉

赤峰

金山岭长城
2014.7.19

北京市区
2014.7.18

金山岭合照　　图

如今，想必大家已经在网上能够听到了这首好听的歌曲了吧。另外，出发之前，和众筹网高层也有了初步沟通，希望能够给她做一个活动，帮她筹集一些医疗的费用，尽一下我们的微薄之力。大家看到这段文字的时候，王佳伟同学的换肾手术已经完成，这对于我们而言，应该算是一个天大的喜讯，唯一遗憾的是，还没有想出更好的办法为其筹集善款，换肾所需的费用都由她男朋友——可爱的刘佳同学的公司来垫付。多么好的公司呀！希望早日上市！在这里也希望王佳伟早日康复，同我们一起在音乐的道路上并肩战斗。

下午赤峰的金燕和朋友过来看了一下现场，简单了解了一下电力的情况，我们20号的下一场演出她们负责地接。我为她俩简单介绍了一下歌伦贝尔房车音乐之旅的情况，她俩挺兴奋的，但是由于要连夜赶回赤峰，演出看了一半就匆匆和我们挥手告别了！

谷亚潼的新歌《微爱来了》那是相当受欢迎，这首歌是杜侑澎写的，我是出品人哦。为了这首歌费老鼻子劲了，光是为其协调声乐老师李佳姐的档期就等了好久，不过也不白等。李佳就是厉害，没上几节课，就让谷亚潼的歌唱水准有了长足的进步。大家有时间可以听一听，他的另外一首新歌也正在录制之中，敬请期待哦，以上是广告时间。

刘涛是房车车友。这次和他的家人跟随我们一同前往，也是一个热心肠的人，一听我们这事儿靠谱就来了。再一看我的书封面姑娘好看，一甩手就买了

2000元的书，弄得我很不好意思，像我这样的大牌作家——这是我新的身份，平时是很低调的——在金钱面前也有扛不住的时候，忍不住和他家人，尤其是他最可爱的姑娘刘艺林一起合影。中国要是多几个像刘涛兄弟这样的好人，我的书销量早超过韩寒和小四了。

金爷、赵宁第二天有事情，当天夜里先走了，这或多或少有些遗憾。亲人们总是对我那么好，无私奉献，时间那么紧，都没时间带他们逛一下美景，以后再弥补吧！

庆功宴上大家推杯换盏多喝了几杯，气氛很融洽呀，一场如此给力的演出至少从根本上增加了大家的自信心，这一点的确很重要，另外一个重要的原因是，我们对未来的行程充满了期待，开门红这个词我老爱听了。那天，我们好多人都是第一次见面，包括我和彭钧、杜渡，还有许多乐手，说是庆功宴，我个人觉得应该算是8分钟相亲，多有意义的事情呀！从此以后，我们成不成都要在一起了，强扭的瓜不甜，谁说的话呀！我感觉只要信念有了，打胜仗是必须有把握的呀！

庆功宴之后，回住宿地的时候感觉夜里的金山岭长城格外宁静，小风徐徐，吹得我很舒服，我仔细一想不对呀！喝完酒后不能吹风，据说晕得很快！是真的吗？我忘了那天怎么回的房间！断片了！余爽说我那天喝多了，走路摇摇晃晃的，还跟谁说了许多不靠谱的事情。应该不会呀，我酒风挺好的呀，除了出了名的话唠，其他都还好呀！大家如果对我的酒风有异议，欢迎微博加我好友，私信给我，我都会一一作答的！第二天，我看了一下手机，没给谁打过电话，对不住，暴露隐私了，大家知道我每次喝晕后接到我电话的必定是我最亲爱的人，你接到了吗？

北京

天津

唐山

北戴河

哈尔滨

沈阳

长春

俄罗斯

漠河

塔河

加格达奇

呼伦贝尔大草原

根河

阿尔山

突泉

赤峰

金山岭长城
2014.7.19

北京市区
2014.7.18

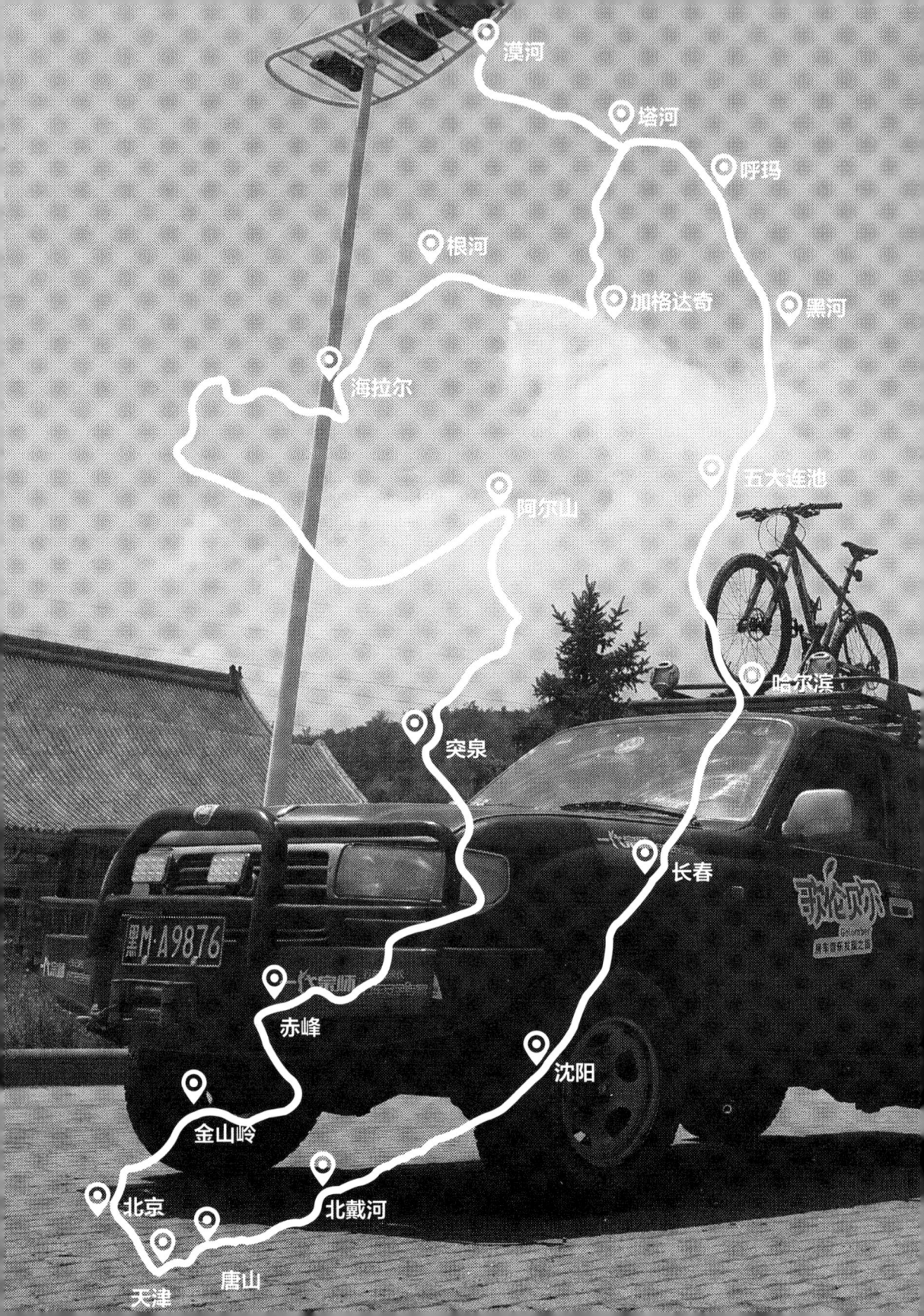

漠河
塔河
呼玛
根河
加格达奇
黑河
海拉尔
五大连池
阿尔山
哈尔滨
突泉
长春
赤峰
沈阳
金山岭
北京
北戴河
天津
唐山

黑M·A9876

红山

　　金山岭距离赤峰约 255 公里，开得快的话 4 个小时应该能顺利到达，路线也是几经斟酌才确定下来的，李沆龙和曹可也觉得没有问题。早上，金山岭长城景区的负责人丁猛给大家安排了早餐，大家简单吃了一点就匆匆出发了。我同张树荣和邵军两位老师匆匆作别，临行前，他俩还一再叮嘱我一定要小心翼翼，行车途中如果感觉哪块儿有问题就马上停下来休整，

去赤峰的路上车队·图

千万别贸然行进。 弄得跟我们要上战场打仗似的，很是感动呀!

李沅龙的朋友带了几个车载电台，花了不少银子，心疼死我了，但对这玩意儿我实在是不懂，碍于情面也不好意思说什么。曹可倒是很大度，希望大家一团和气，别在小事上斤斤计较，气得我呀!

大部队顺利出发了。我坐曹可的车。刚刚开了50多米，杜侑澎就发觉乐队的人还在房间里，顿时慌了神儿，连忙呼叫我和曹可，对着我俩大声吆喝。我没理他。曹可说：“你自己负责演出和乐队的事情，大家都走了，你难道就没有想到乐队的人掉没掉队，还在那里吆喝，丢不丢人! 别说了，赶紧带着房车

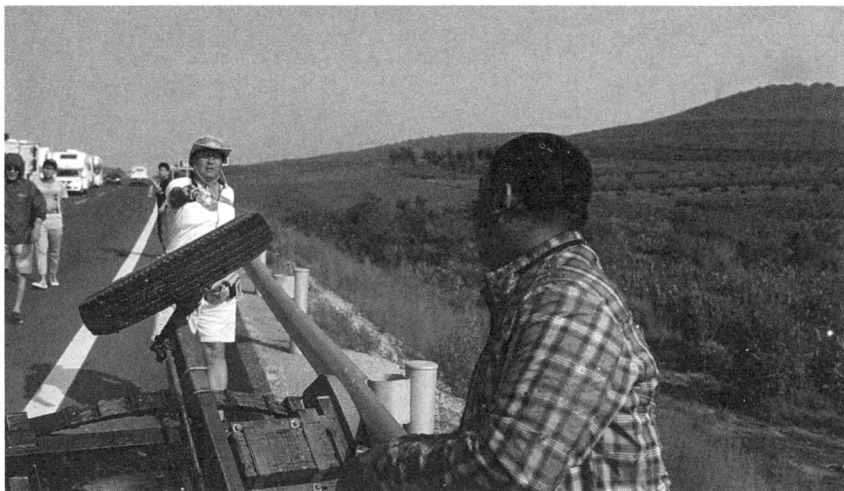

北京

天津

唐山

北戴河

哈尔滨

沈阳

长春

俄罗斯

漠河

塔河

加格达奇

呼伦贝尔大草原

根河

阿尔山

突泉

赤峰
2014.7.20

金山岭长城
2014.7.19

北京市区
2014.7.18

回去接上他们！"等了 20 分种之后，彭钧和乐队才拍马赶到。一行人继续朝着赤峰方向行进。

　　大家在加油站整理了一下装备，旗子、横幅啥的都悬挂了起来，在加油站待了好久，应该是由于天气热的缘故，乔锐嫂子的新飞房车发动机旁边的排气管发生了漏气现象。当时我们还是希望找到一个靠谱的修理厂修理它，但据曹可说，能修此类车的修理厂并不好找，有可能必须去原厂修理。无奈之下，我们只得买了一些宽胶带，将它死死缠住，但并不是最佳的解决办法。

　　天空很蓝，太阳热情似火，拥抱得我们汗流浃背，还好，我坐的车子里有空调，和宇通的王磊他们聊得挺好。哥们儿很实在，是大庆人，他们希望有可能的话，在大庆停留一站。我估计悬，没敢吱声，因为行程都

是事先定好的，若加一站，会影响余下的计划。

路况不错，车行进得也很顺利，路边的麦田一望无际，宛若一群十七八岁漂亮的姑娘随着微风翩翩起舞，向我们展示着她们最美的青春年华，瞬间让我们眩晕，田边的大树高高矗立，像麦田守望者向我们挥手致敬。我们拿着相机、手机、摄像机跟不要钱似的一通猛拍。还有更不靠谱的在车载电台里说着荤笑话，唱着革命的小曲，曹宇轩和刘奕麟两位小朋友居然唱起了《那笑容是夏天的》，这种爱情歌曲不是教坏小朋友吗？

我乐得屁颠屁颠地去制止，但他们看我不让唱，越来越人来疯，居然连唱了好几遍方才作罢！哎！这次终于达到了宣传的目的，我够居心叵测了吧！

我们在下午16点左右到达了赤峰，金燕找人在高速路口接的我们，一行人顺利抵达，为表示对我们音乐之旅的敬意，金燕特别准备了红地毯，很是隆重！大家参观了她的公司，一看就是在当地生意十分兴旺的那种。金燕还特意准备了许多点心、水果、奶茶什么的内蒙古特产来招待大家，由于旅途劳顿，我们中午几乎没有吃午餐，也就不客气了。奶茶很好喝，但我并不是很习惯，倒是当地的水果很吸引我。

舞台车传来的消息让我很是不安——水箱开锅，而且，车辆还出现了一点故障，正在修理厂维修，李沅龙和舞台车司机李师傅都束手无策，希望我们耐心等待一下，这让我们很是揪心。距离演出还有3个小时，但愿能够平安到达，不要影响演出。与此同时，坤鹏的摄制组硬盘没有内存了，我给了他们800元钱，让他们赶紧到赤峰电子市场买一个，以备拍摄所需。后来听坤鹏说，这种型号的硬盘在当地也没有几个，弄得我们跟捡了多大便宜似的。

我和金燕公司同事看了一下演出场地，感觉不是很理想，像是啤酒广场的助兴演出，让人感觉怪怪的。如果在这里演出，对着台下喝的面红耳赤的酒客，那将是何种感觉？另外一块场地是政府广场，是金燕早就计划好的，通知都发出去了，她也很着急，希望能够促成这场演出，因为按计划在赤峰没有安排演出，正是由于金燕

北京

天津

唐山

北戴河

哈尔滨

沈阳

长春

俄罗斯

漠河

塔河

加格达奇

呼伦贝尔大草原

根河

阿尔山

突泉

赤峰
2014.7.20

金山岭长城
2014.7.19

北京市区
2014.7.18

的努力才临时加上去的。其实，我这时候再说什么都毫无意义，时间一分一秒过去了，但舞台车那边依然没有进展，将近 18 点的时候打了一个电话说可以启动了，正在往赤峰方向赶来。可是大家刚刚兴奋了不到 30 分钟，坏消息又来了——水箱又开锅了，按道理讲这天气不是很热，怎么会频频开锅？真的是太奇怪了，但此刻大家也无计可施。但后来我们总算明白了一些，原因是道路坡度很大，若爬坡时间太久，水箱极易开锅。说白了就是车辆过于老化。

晚宴很丰盛，但由于一直牵挂舞台车，我和曹可他们吃得不是很愉快，草草了事。最后做的决定还是出乎了大家的预料——到赤峰的小剧场里以不插电的形式演出，这个无奈之举让金燕有些

金信旅游局合照　图

失落，但这也是没有办法的事情。她还是积极地通知当地的歌迷和朋友们去剧场观看演出。

剧场不大，主要是招呼游人来观看当地的民俗演出的，去过丽江和香格里拉的朋友可能会了解一些，和那里的形式相似。民俗演出节目也很精彩，我们顺便也观摩了一下，在我印象中，蒙古姑娘穿上统一服装之后感觉都长得差不多。早些年蒙古姑娘大多胖乎乎的，挺可爱，但后来由于追求身材，估计都开始减肥了吧！所以，你现在去看蒙古姑娘的话，和我们北京的姑娘差不了多少！

不插电这种音乐形式很新颖，我也是第一次看，加上剧场的音响设备还是不错的，所以，整场演出挺出彩。我们演出的时候，刚才在台上演出的蒙古姑娘们都换上了平时穿的衣服，在台下兴高采烈地观看我们的演出。其实，我个人觉得，当晚最闪亮的明星应该是坤鹏，这哥们儿看到姑娘漂亮，直接下场到剧场中间去和观众一一握手，这尼玛全是大明星的做派。这哥们儿居然来这招，够狠！姑娘就坐在离我不远的地方，他倒好，直接过去拉人家手，弄得我们音响灯光的小伙子们醋劲儿全上来了，以至于后来杜侑澎、彭钧、青蛙乐队的演出效果打了许多折扣。

晚上 21 点左右，舞台车李师傅和李沅龙才姗姗来迟，乔锐给他们打包了晚餐，他们真的饿坏了，二话没说就狼吞虎咽起来，这也难怪，晚上行车连服务站都没有。这场演出出现的变故，让突泉（下一站）来的格日勒有点担心，不知为何和李沅龙吵了起来，声音很大，弄得很多人围观。原来大致的意思是，格日勒和县政府打了包票，已经通知了县里宣传部，广播电视啥的都已经通知到了，如果明晚还出现今天这类事件，她可真的死定了。而且赤峰这场演出事故，让格日勒心有余悸。所以，和李沅龙吵架就不足为奇了。

其实，那晚的不插电演出纯属无奈之举，舞台车没有赶到也给我们提了个醒，那就是以后再做演出一定要提前一天赶到现场把灯光音响等设备调好，这样才不至于影响第二天的演出。其实，原本演出就应该这样，大家都知道的事情，怎么会弄成现在这个样子，不解！不过，这是在路上，一切都存在变数，现在追究谁的责任也没有任何意义，但唯一感觉对不住的就是金燕了，一个特别好的女汉子，这一点在我心里或多或少留有遗憾。

演出结束后，金燕安排大家去 20 公里外的一处军营里休息，这吓了我们一跳，不过挺神秘的，大家很兴奋，就是在里面不能拍照。军营驻扎在一个射击场里，所以路很窄，我和立冬开过去用了不少时间，途中，立冬的车加了一次油，和大部队失联，我们在荒山野岭的山路上行驶，再加上手机信号时好时坏，关键是曹可的车灯还不是很亮，跟近视眼似的，存在一定的危险性。行驶速度跟蜗牛爬似的，费了九牛二虎之力才到达军营，后来想想还是有些后怕的。部队的院子挺大，到了那里，军营里的士官正给大家安排房间。李沅龙要去北京开会，连夜就要离开，格日勒不干了，在那里和我们协调时间，弄得我和曹可没招。最后，无奈只能是我带领舞台车和立冬的艾威房车连夜向突泉急驶，确保演出不出现任何问题。

漠河

塔河

呼玛

根河

加格达奇

黑河

海拉尔

五大连池

阿尔山

哈尔滨

突泉

长春

赤峰

铁岭

金山岭

北京

北戴河

天津

唐山

青春启示录

突泉景观　图

　　夜晚，只有我们两辆车（一辆舞台车和一辆艾威国际房车）一前一后向着突泉行进，全程514公里的漫漫旅途就这样在战战兢兢中启程，想来平生第一次

做这么惊心动魄的事情，不管从哪个角度委实都不靠谱，但此刻，我们只能鼓起"壮起鼠胆，把猫打翻"的信念，向目的地行进，我不知道下一秒将会发生什么。

　　窗外，一片寂静，只能听到我们的车轮声与草原上各种鸟虫在奏乐，在孤独中享受这种恬静不也是一件很幸福的事情吗？我想起小时候在山上帮家人看护刚刚收获的红薯，因为只有平板车，要往返多次才能将一年的辛苦所得一起弄回家。夜晚的山风刮得呼呼的，吓得我不停地唱歌，来掩饰自己的紧张，那种无助感和今晚何其相似呀！再想起第一次失恋的情境，哭得跟王八蛋似的，都不知道自己懂不懂爱情，当时就觉得自己那一刻是全世界最孤独、最可怜的人。今晚我为心里能够想到的每一个人都默默祝福，我告诉自己，如果今晚能够渡过难关，凯旋的那一天一定给他们每个人一个熊抱，想到这里心情顿时好了许多。

灯光师小赵没多久就睡着了，吓了我一跳，我让格日勒上了舞台车，和李师傅聊天，我则在艾威车上陪着立冬唠嗑。立冬的皮肤属于健康的古铜色，但我知道那不是在海滩上特意晒的，但由于经常在户外做活动，应该说有一部分拜太阳公公所赐，他是老天津人，说话慢吞吞的，绝对属于芥末男——这个男人好可怕啊，讲起话来往往一鸣惊人，将少女少妇都杀得片甲不留。我俩见面次数不多，但却有相见恨晚的感觉，很快就成为好哥们儿。立冬夜晚行车经验丰富，这一点让我甚感欣慰。我喋喋不休将最近想说的事情一股脑扔给了立冬，讲了当年我许多牛逼的往事，还有各种艳遇，弄得立冬倍儿精神。

我那晚拼命地想我的爱人和小郭同学，当然，心里想的还有其他姑娘，目的只有一个，向前、向前，

北京

天津

唐山

北戴河

哈尔滨

沈阳

长春

俄罗斯

漠河

塔河

加格达奇

呼伦贝尔大草原

根河

阿尔山

突泉
2014.7.21-7.22

赤峰
2014.7.20

金山岭长城
2014.7.19

北京市区
2014.7.18

窗外突泉 图

或许只有这样才会迎来下一个天亮。俗话说得好，"酒逢知己千杯少，话不投机半句多。"这会儿我完全把立冬当亲人，讲了许多从未在任何场合、跟任何人讲过的秘密。

比如，中学时我们班团支部书记功课特别好，我则特别差，老师嘱咐她每天督促我做作业，弄得我特别烦。某天，我俩不知何故吵了起来，她好像说到某句伤害我的话儿，许多同学在那里哈哈大笑，弄得我特别没面子。我说，瞧你那操行，再他妈说一句，我抽你！信吗？她还上劲了，说，来呀！来呀！我二话没说，朝着她的脸就是一个大嘴巴子，五个手指印牢牢印在她的脸上。她哭着夺门而出，我和我的那些小伙伴们则都惊呆了。为此，我在学校教务处待了一个星期，写了一份儿长达 4 页的检查，把我以前的、包括小时候的劣根性都剖析得相当透彻。

后来，年底我写申请书希望加入共青团，当班长说谁同意郭志凯同学入团时，班里像我那天抽团支书那一瞬间似的宁静，第二年、第三年都是这种状况。临近毕业，同学们每个人胸前都挂着一个共青团团徽，我则换成了一个太祖的头像，那是多么痛的领悟！毕业之后，我很长时间没有见过那个女孩，据同学讲，她去外地上了大学。若干年后，同学聚会，再次见到

蒙古包 图

北京

天津

唐山

北戴河

哈尔滨

沈阳

长春

俄罗斯

漠河

塔河

加格达奇

呼伦贝尔大草原

根河

阿尔山

突泉
2014.7.21-7.22

赤峰
2014.7.20

金山岭长城
2014.7.19

北京市区
2014.7.18

明星湖五人船上合照　图

她时，才冰释前嫌，那晚儿喝得有点多，她说，她那会儿有点喜欢我。我说，是吗？怎么可能？不合逻辑呀！我百思不得其解，又碰了几杯，然后就断片了。

我那会儿把小时候的糗事都跟立冬说了一遍，包括许多记忆犹新的事情。上学时经常带着小朋友打架斗殴，得罪了许多人，臭名远扬。现在回想起来，心里还是有些难过，恨自己太不是东西，在这里要向小时候欺负我的和我欺负过的兄弟姐妹们道个歉，真的是我太混蛋，请你们原谅我。

格日勒那边呼叫要求换帅哥，我们停车互换角色，再将刚才讲的故事复制了一遍，一堆红牛很快就喝光了。我那会儿特鸡贼，跟李师傅讲了许多成人话题，说的头头是道，李师傅不停地被我的故事逗得前仰后合，眼里闪烁着光芒，倍精神儿，仿佛回到自己的青春时代。我则吐沫星子乱飞，将我的话唠本色发挥得淋漓尽致，各种段子在草原上撒欢儿似的肆意飞扬。

我那天晚上想了许多事情，关于我未来的规划啥的，如果说现在我比以前成熟了许多，或者说比以前宽宏大量了许多的话，我觉得都应该感谢这一夜的宁静，它让我受益匪浅——我当时真的是那么觉得呢！感觉自己一夜之间就长大了许多，唱一首郑智化的《青春启示录》给你听吧！或许从这首歌里你能感受到我的心情，而我更喜欢前奏时的童声部分。

青春启示录
郑智化

(童声)：因为我们要长大
因为我们要成熟
因为我们要长大成熟
才能保护自己

找不到自己的脸
在青春的镜子里面
依稀记得泛黄的照片
保存年轻的容颜
你是否哭过和我一样
守护着一颗单纯而脆弱的心
你是否爱过和我一样
守候着一片宁静而湛蓝的天

找不到自己的脸
在青春的镜子里面
依稀记得泛黄的照片
保存年轻的容颜
你是否记得你我之间
有一个陌生的名词叫诺言
你是否懂得你我之间

有一种遗忘的关系叫思念
什么时候稚真的情感
披上了虚伪的外衣
看不到诚实的脸孔
每个人都戴着面具
爱情似乎也变成一种
可以计算的游戏
为了生存要试着放弃
做梦的权利

找不到自己的脸
在青春的镜子里面
依稀记得泛黄的照片
保存年轻的容颜
你是否记得你我之间
有一个陌生的名词叫诺言
你是否懂得你我之间
有一种遗忘的关系叫思念
什么时候稚真的情感
披上了虚伪的外衣
看不到诚实的脸孔
每个人都戴着面具
爱情似乎也变成一种
可以计算的游戏
为了生存要试着放弃

做梦的权利
因为我们要长大
因为我们要成熟
因为我们要长大成熟
才能保护自己……

北京

天津

唐山

北戴河

哈尔滨

沈阳

长春

俄罗斯

漠河

塔河

加格达奇

呼伦贝尔大草原

根河

阿尔山

突泉
2014.7.21-7.22

赤峰
2014.7.20

金山岭长城
2014.7.19

北京市区
2014.7.18

突泉景观　图

突泉舞台上合影 图

凌晨五点的时候，太阳公公微微探出了头，草原上真美呀！空气清新得如同一个处女，令人迷恋。露珠儿散落在草丛里显得郁郁葱葱，我们小心翼翼走进草里就被它打湿，让人想起公园里的那块警示牌"小草亦有生命，请勿踩踏"。但那一刻我们也顾不了那么多。漫山遍野的野花真漂亮，但路边的就不要采了，省的别人说我花心。鞋子被露水打湿也无所谓，至少，露水晶莹透彻，把鞋子弄脏也心甘情愿，再加上依然掩饰不住第一次踏进草原的那种惊喜感。原来想张北就是草原了，现在想一想，妈呀！那啥玩意儿呀！就跟后海不是海一德行儿！成群的牛羊站在那里吃草，一望无际的草原一眼望不到头，这不就是传说中的草海吗？我们拍了几张照片留念，撒了一泡尿，算是对草原做点贡献，和"到此一游"几乎有异曲同工之妙。我对着草原干嚎了几声："我的心乘着风儿，自由穿行在梦想里！"心情大好，继续上路。

早上八点，终于进入了突泉。我们在距离市区40公里处，进了一处服务区里，这里的人们早上吃米饭和面条彻底把我弄懵了，而且服务员灰头土脸的，一点职业风范都没有。我们顿时没有了食欲，无奈，只好简单吃了一点早餐，就躺在房车里睡过去了。醒来的时候已中午11:20左右了，在服务区洗了一把脸，简单调整了一下，就又出发了。中午，我们终于到了突泉，格日勒笑得很灿烂，抱着我们直跳，弄得我挺不好意思，脸都红了。如果她再年轻一点我就抱得紧一点，不像现在这种礼节性的拥抱。

午餐很丰盛。我们太累了，所以小酌了几杯当地的白酒，蒙古酒真的挺厉害，喝了点居然上了头。曹可那边进展也很顺利，正在向我们这边缓缓驶来，其实，这时候我们已经不担心了，下午16点左右装音响灯光，2个多小时就可以演出了，等他们来直接演出不存在任何问题。另外，如果大部队赶不上，还有坤鹏的小车，可以加快速度将乐队快递送过来。想到这里心里坦然了许多，到宾馆后洗了一个热水澡，手机静音，昏睡了过去。

下午，醒来的时候和小赵去了现场，让格日勒找了几个年轻力壮的小伙子帮忙搬音响，由于广场上经常举办演出，大LED视频很醒目，设施良好，电力问题也就迎刃而解。下午17点左右大部队全部到达，12辆房车停在广场给突泉人民带来了不少欢乐，曹可干脆把房车门打开让大家参观。由于政府的介入，广场上井然有序，岳旎她们把我的书也摆了出来，这点我最在意了。此刻，再看看广场上，用丹丹姐的话说：红旗招展，人山人海，锣鼓喧天，鞭炮齐鸣。老热闹了！

这应该算是歌伦贝尔房车音乐之旅最大的一次演出，偌大的广场足足近万人，这不成了彻头彻尾的露天演唱会了吗？刘奕麟在突泉首次唱了自己的新歌《四合院》，字正腔圆，这小丫头可不简单，还上过中央电视台，一水的京腔儿，让突泉人民很受鼓舞呀！南京孙艺老爷子很是不简单，在魔术表演上很有一套，而且最令我钦佩的是，他经常去孤儿院和敬老院义演，

自行车　图

还给他们带去很多礼物。我一直有个心愿，想拜他为师，学上几招，以后和一帮大美女聊天的时候，还可以露两手，给自己增分——目的不纯啊，所以竹篮子打水一场空，音乐之旅结束的时候，我一招都没有学会。但与孙艺师傅无关，他确实花了时间教我，很可惜我天资有限，愧对他老人家，教的东西我全还给他了。这场演出对于杜侑澎、彭钧和青蛙乐队也是一次很重要的联排，但时间还是不够充分，如果给的时间再多一点的话，演出将会更精彩。

那一晚演出结束之后，我和曹可、杜侑澎也重申了一下演出方案，并且达成一致。余下的演出绝对不能当天演，一定要提前一天赶到，这样对于演出质量而言也是一次质的提升。最起码不用奔波得那么狠，还可以花点时间欣赏一下沿途美景。从后来的演出效果上而言，这是一次最重要、最切实可行的决议。

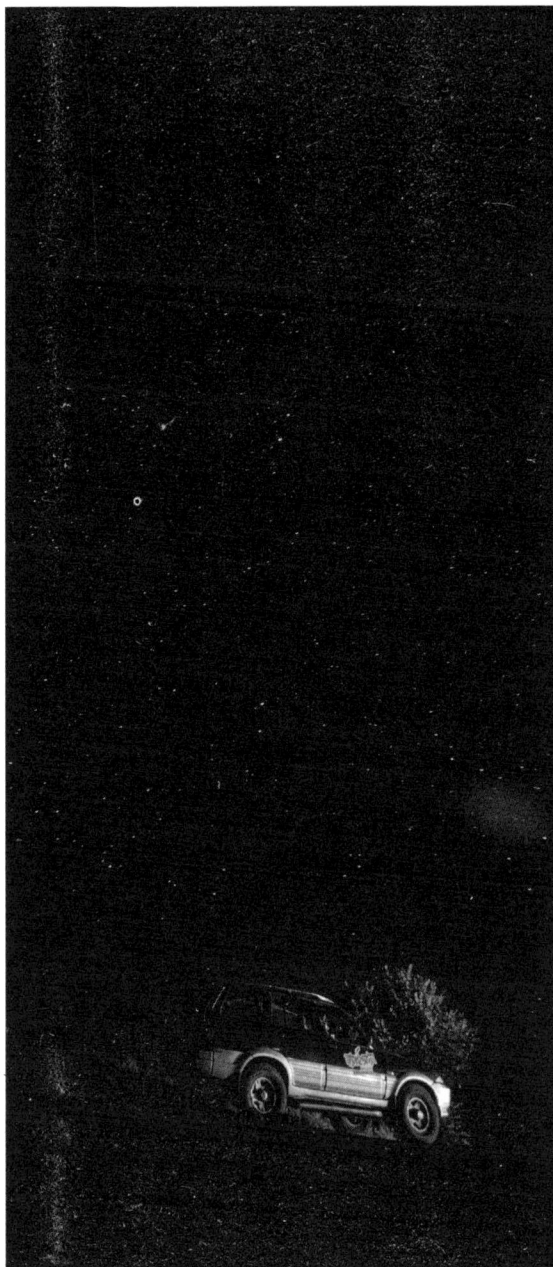

签售现场，书和碟卖得还不错，那帮小丫头找了几个小凳子围在签售周围，人手一本看得专心致志。我一看这个其实心里挺高兴，但这本不是很适合小朋友观看，有点少儿不宜呀！不过我估计她们应该看不懂，不停地问着我书里的细节，我很耐心地一一解答，碰到天真，我也没辙，这样更显出我受欢迎，不是吗？

　　晚上格日勒和县长大人请我们吃饭，妈呀！那么大的羊肉串让所有人都目瞪口呆，我们充分感受到了蒙古人民的热情，啤酒、白酒混搭，来庆祝这次演出获得这么大的成功，让我们对未来充满了信心。大家推杯换盏，说了许多豪言壮语。格日勒平时不喝酒，当晚也喝了许多，聊起昨天晚上我们的急行军，她的眼里差点闪烁起泪花！我那晚喝得挺多，但还好没醉。

清晨，大家都聚在大堂里开始准备第二天的行程，酒店外房檐下有一窝小燕子叽叽喳喳叫个不停，吸引了大家的注意。三只小燕子看到我们一点也不害怕，直勾勾地盯着我们，仿佛在和我们用眼睛交流。燕窝很大，可以想到燕妈妈费了不少心血，才建造成如此牢固好看的家园。早上遇到喜鹊叫是个好兆头，听到燕子叫应该也是吧。

舞台车李师傅告诉我说，车的底板由于颠簸被音响压坏了，需要修一下，格日勒安排了一个人帮助我们修车，其他人则和县委宣传部的人一起去拜访当地的蒙古牧民。大家刚离开，一辆警车便停在了我面前，警察同志走到了我面前，说，你是郭志凯吧？吓了我一跳，妈呀！难道没办演出证？还是？我没干坏事呀！警察同志微微一笑："我是格日勒的老公，带你去修车，你跟我一起走吧！"我抹了把汗，长长地吁了一口气，小心肝还扑通扑通地跳个不停。坐在警车里心情很复杂，尤其是，坐警车去修车，我有点哭笑不得。

姐夫找的那家修车行很专业，像一个小工厂，里面各种大工厂用的锻造车床都有，很多机器显得笨重，但都是一水的进口好机器，都是老板在一个制造厂购置的，难怪这家修理厂在当地那么有名。由于只有我、李师傅、立冬三人，一车的设备让我们哥几个搬了好久，这么热的天，命苦呀！花了三个多小时才将车厢板做好，活干得很漂亮，最重要的是钱也比较公道，这要是在别的地方还真弄不了这事儿，最重要的是还有警察陪着我们修车，倍儿有面儿！

突泉县不大，民风极好，阳光很充足，人的皮肤有点黑，立冬看上去就像本地人，我和李师傅一直拿他开玩笑。在这里，不管看到什么东西都有种冲动的感觉，中午我和立冬、李师傅三个人在离修车不远的地方吃了当地一个叫抻面的小吃，做得很是地道，尤其是老汤很是给力。虽然个人感觉比起洛阳的面还是差了许多，但已经很不错了，最重要的是价格很公道，老板人特好。当地还生产一种类似于香槟的大瓶饮料，也很好喝。我去街上买了一个西瓜，才6毛一斤，香瓜10元4斤。我连住这儿的心都有了，这消费我喜欢。

人们走在街上，脸上洋溢出来的幸福感几乎把我惊呆，自然的、淳朴得让我差点哭出声来，这是我多少年都见不到的笑容，而现在它就在我的身边向我袭来。我像一个傻子一样，站在街上，看着每个人脸上的微笑伤感，仿佛我是从火星来的似的，一脸的苦逼相。我试图用最纯真的微笑回应、或者说迎合他们的幸福感，但始终觉得差点意思，无法与之相融。难道我只是匆匆的一个过客？而我们来这里到底要做什么？歌伦贝尔房车音乐之旅真的希望找寻的真谛到底在哪里？我真的要静下心来，好好思索一下了！

再看看这里，一切和物价没有任何关系。这里肯定不是和北京一些大城市来比较，物价高低无所谓，最重要的是幸福，哪像我们待在北京，天天累得跟狗似的。我很想念这个地方，就在昨夜，它又来到了我的梦里面。

曹可一行在湖边玩得不错。居住在那里的牧民，应该算是在当地比较有头脑的生意人吧，他们在湖边建起不少蒙古包，来接待游客，应该说保持了当地牧民的部分淳朴，为什么我用"应该"这两个字呢？因为还是被世俗沾污了不少，不过，这也怨不得他们，社会不就像个大染缸，适者生存吗？

蒙古包很大，一行人的午餐都在里面解决了，马奶酒配上羊肉，再加上美丽的蒙古姑娘翩翩起舞。不拿出点真本事，多对不起人家呀，杜侑澎、彭钧和青蛙乐队还是拿着吉他唱起了自己的情歌，那一刻应该说是本次旅行当中最惬意、无拘无束的一次演出，只有音乐在纯净的天空中飘荡，肮脏的心灵或许才能在那一瞬间得到升华，圣洁到足以洗净每个人的心灵。

湖水很干净，河边草不多，一群群奶牛顺着河边悠闲地晃来晃去，难道是想洗个澡？别看牛体型很大，可并不笨，只是偶尔走到湖边喝几口水，并不向深水区远去。沙滩上留下许多牛粪，由于天气很干燥的缘故，一天的时间就被风干了。人站在湖边还是颇有些凉意的，杜侑澎乘船向湖中心驶去，由于当地环保做得好，湖水清澈，可见鱼虾。驶到湖中间的时候，一条大鱼居然跃出水面跳到船舱里，大家都因这突如其来的幸福感叹着、欢呼着，这鱼算是自投罗网吗？那一刻所有人笑得合不拢嘴，像一个个幸福的孩子，这可怜的鱼呀！你玩的是哪出？刘涛他们在河里游泳，姑娘们则在河边嬉戏，夕阳西下的时候映出的景色煞是好看。唉，你们玩得那么嗨，可考虑到我们的感受，那一会我们还在修车。

我们在湖边开了一个全体动员会，这是第一次开会，福建钟哥和老婆也赶到和我们汇合。曹可给做了一个介绍，钟哥一看就是那种典型的福建人，身材很

Golomber
8,000
Miles

074_

突泉吃烤肉　图

魁梧，头发比三毛多几根，一小撮还是很有型，和老婆美美在一起显得有些不般配。后来我才知道钟哥和美美的父亲关系不错，后来对上眼了，就乱伦了！这让我想到了孙中山好像和宋庆龄父亲关系也不错，后来也照单全收，都是老牛吃嫩草的主儿。美美嫂子可好看了，韵味十足，那是相当招人喜欢，这样说你能想到她长得什么样子吗？总之就是两个字——好看。最重要的是嘴很厉害，句句经典。钟哥绝对是个大玩主儿，如果在北京也绝对是能够提笼架鸟的爷，范儿足着呢！每天都开着房车全世界游荡，生意做得也不错，这次听说我们在玩这个，从福州开车过来，不是玩主儿能是啥？北京话叫啥？牛逼！

那天开会大致的意思就是分工明确一点，路上尽量保持队形，不能随便插队，否则很容易掉队，这可不好。我那天主要说了刘涛他们下到湖里游泳的事情，我心里是这么想的，首先是大家是一个集体，有些湖水看上去很平静，但水下是什么状况我们并不知晓，冒然下水的话遇到危险怎么办？一帮女孩如何营救？最重要的是河边一个人都没有，发生危险呼救都来不及，大家连连称是。但后来，曹可和杜侑澎同学还是批评了我，说我说话太不顾及别人的颜面，我大手一挥，别跟我扯这个，我说的有道理，决定了的事情既然做了，就死不悔改，事后，我还是为自己的正确选择感到自豪。

夜晚，我和立冬他们简单吃了点饭就睡过去了，杜侑澎他们就住在河边的房车里，当天夜里他们又喝了一次大酒，可惜我没在，一点都不好玩。

直到歌伦贝尔房车音乐之旅的各种标示张贴完毕，我们才终于要出发了。分别的时候，格日勒姐姐和警察姐夫都来送我们，弄得我们挺不好意思的，居然会依依不舍，紧紧拥抱，突泉，我还会回来的！

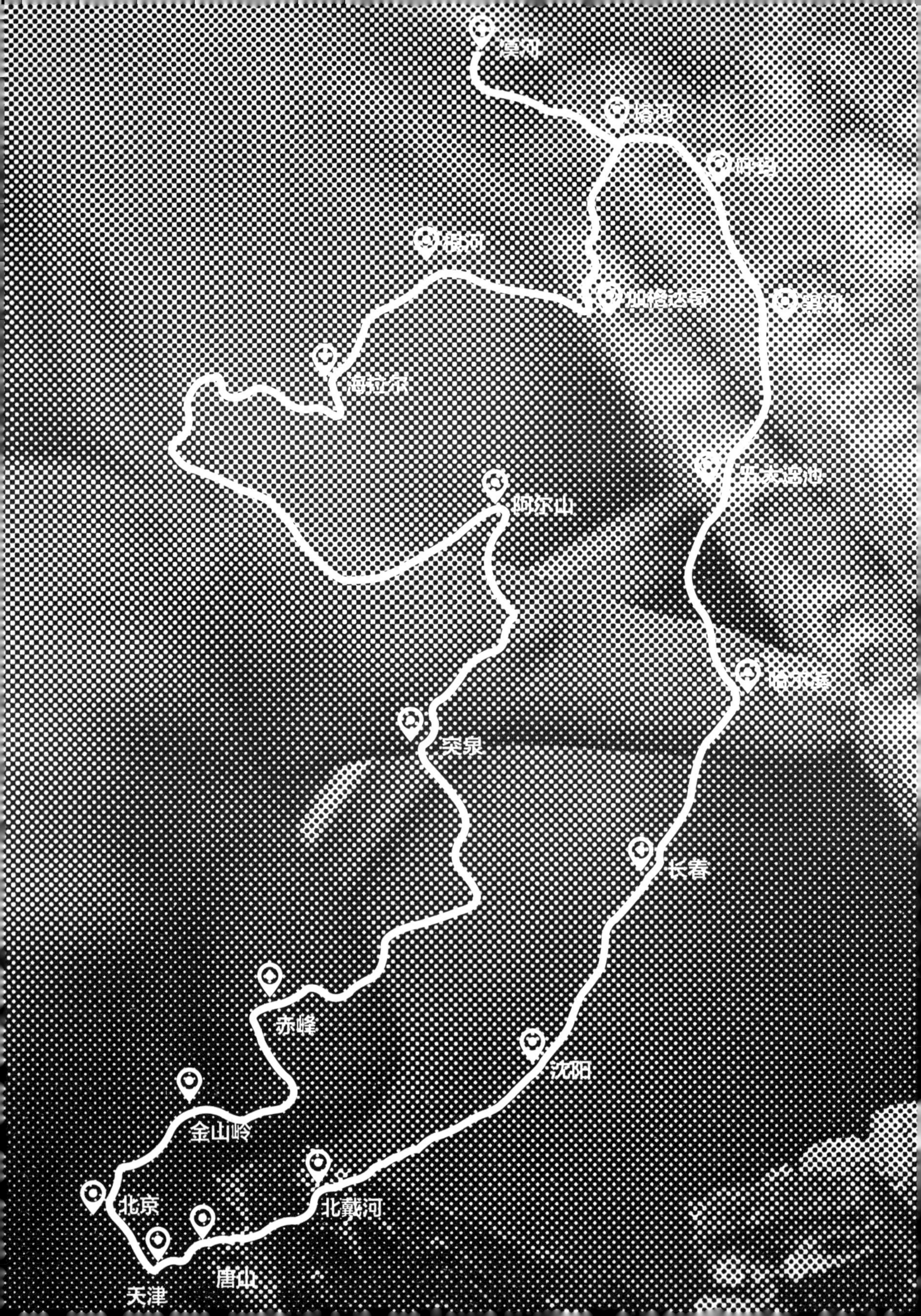
海拉尔
阿尔山
突泉
长春
赤峰
沈阳
金山岭
北戴河
北京
唐山
天津

卧虎藏龙

　　我们一行浩浩荡荡地杀向阿尔山，但由于道路不熟，那日勒姐姐又帮我们找了个司机开头车，顺便给我们当向导，这真是帮了大忙，这哥们在县政府工作，人挺帅，就是不太爱说话，颇得我们姑娘们的青睐。

　　沿途美景美不胜收，天空湛蓝，清澈得如海水一般，广阔的草原让人心胸顿时宽广，没有风时，云朵停驻在天上，像一幅绝美的画卷，若是微风袭来，云随风走，草随风舞，久在都市蜗居的我们，看到这样的自然之美，不禁都特别兴奋，我那天穿了海魂衫，特清纯，又蹦又跳，找来摄影师，唱着歌，来了一组三十米冲刺的照片，

背景就是青山和草原。

路上乔锐开车有点累，我征得她的同意后替她开了20分钟，你还别说房车这玩意儿你不亲自上去练练真没戏，因为倒车、打轮啥的和我们开的轿车还是有点不一样的。小爽看我开车直摇头，脸色煞白，紧张得手心都出汗了，开到70迈的时候车有点飘。我还是感到不适应，其实主要是感觉有点危险，为了安全起见，果断换司机。

天逐渐黑了起来，路越来越不好找，我们必须要停下来休整了，这个时候，我们已经进入阿尔山。在山路边找了一个可以停下十几辆车的农家大院，我进去和对方沟通了一下。这地方还可以，挺宽敞，自己盖的木屋看上去很有感觉，里面的桌子椅子啥的都是木头做的，当地特色十分浓厚。店主看来了这么多人，生意上门，不免十分热情，这点让我们十分受用。另外，我跟他交涉接水接电不要钱，但条件是我们必须在这里吃饭，我看了一下菜单，菜价基本还算合理，就招呼大家进来了。可能是饿坏了的缘故，要了三桌菜，厨师可能做得慢了一些，上来一个吃光一个，这吃相可真心不咋地。我和钟哥、钟嫂那会儿还不太熟悉，喝了点酒之后，大家的话题才逐渐多了起来。老板推荐说有狍子肉、野生鱼啥的，都卖200多块钱一斤，刘涛想尝鲜，我和乔锐商量了一下，本着节约的原则，还是算了吧！

那家的野生蘑菇和木耳特别好吃，都来了双份，这可是纯正的山珍，口感明显不一样。出门在外，吃饱为唯一选择，然后再考虑吃好的问题，但必须要喝好。那晚酒喝得还行，小鹏、曹可、舞台车李师傅、立冬喝了没多久就干掉三瓶白的，我带的特供泸州老窖可都是一斤三两装的，这帮人喝酒还真是挺猛。相比之下，我倒逊了许多。

由于农家院里没有住宿房间，大家只能在房车里住下，我们的工作人员明显挤不开，和几个私人房车大哥商量了一下，还是把小爽、旋儿、小唐、英子姐塞到别人的车上，我多恋恋不舍呀，可家里穷呀！养不下这么多宝贝，只能寄存了！这会儿想起京剧《白毛女》里喜儿与杨白劳对唱的一段 "人家闺女有花戴，爹爹钱少难买来，扯上二尺红头绳，与我喜儿扎起来"，

蜂窝图　挺应景的啊！

李沅龙大哥睡觉真成了难题，大家都不愿意和他同屋睡，那鼾声打得能把贼吓跑，方圆几公里都能听到，晚上再把狼招来，那麻烦可就大了。但总得把他安顿一下，无奈之下和老板商量，在他的餐厅包间里打了

修车师傅　图

一个地铺，这才把这条"龙"安置好。

曹可带着杜侑澎、彭钧他们开车去镇上洗温泉去了，都没经过我的同意，也不邀请我，气得我呀，据说还要了按摩。我一气之下，谎说预算超标了，这钱我可不报销，有本事的话你倒请大家集体去啊！这帮臭不要脸的！说到这里乔锐的意思和我出奇得一致。那一夜很安静，后来，我去睡觉了，在哪里睡的我忘了。

修车师傅 图

早餐还行，棒子面粥不错，咸菜配馒头，大家吃得兴高采烈的，我好久没喝粥了，多盛了一碗。彭钧他们昨晚住到洗浴中心了，上午9点多钟才和我们汇合。离开的时候，老板发现插座燃烧了一个，希望我们赔偿她一个，我找了一大圈也没有找到，最后，决定给她50元钱，这个价格肯定能买一个不错的插座。结果，老板认死理，非要我们赔一个给她，那一刻我抑郁了，最后，找了半天，在曹可的车后座找了一个给她方才作罢，这个小插曲，现在想想也蛮有意思。

出发不到两个小时，坤鹏的车子就出了问题，前轮胎气不足，如果不修的话，会有麻烦。我们找了半天，也找不到一个靠谱的修理铺，曹可以前走过这条路，介绍说有一个民间高手特别厉害，我心里有些不忿，啥民间高手，补个车胎还成高手了。带着疑惑的心情到了那里，眼见为实，哥们儿一出手，

北京

天津

唐山

北戴河

哈尔滨

沈阳

长春

俄罗斯

漠河

塔河

加格达奇

呼伦贝尔大草原

根河

阿尔山
2014.7.23-7.24

突泉
2014.7.21-7.22

赤峰
2014.7.20

金山岭长城
2014.7.19

北京市区
2014.7.18

我们大家就傻了，他太厉害了，我们仿佛进入了另一个世界，应该说是魔术师的世界，各种自制工具应有尽有，他用三个摩托车胎折叠交织在一起做成的千斤顶，一开气泵瞬间就将一辆汽车顶到最佳位置，然后取下轮胎放到扒胎器上三下五除二搞定，10 分钟换好车胎可以走人，稳、准、狠，太专业了。

值得一提的是，他自制的大型扒胎器看上去很简陋，像蒙事儿一样，看上去就是几根铁管加一转盘，但就是这个不起眼的家伙，居然可以将电影《激战》中彭于晏练拳时使用的最大的轮胎放上去，5 分钟之内搞定齐活。这时恰巧来了一个修这种大型轮胎的哥们儿，需要补胎，这个师傅很牛逼地帮我们演示了一下，我们所有人都惊呆了，最可气的是小爽嚷嚷着非要留下来给人家当儿媳妇，说跟着人家有前途，吓得我呀！补个轮胎，差点搭上一个妞儿，这买卖做

得一定会让我赔死，要不得。

　　修好车后，接下来的路况基本上还算平缓，但有个分叉口模糊不清，我们和曹可还是暂时失联。一个小时以后，我们在一个小镇看到了曹可、岳旋、钟哥的车，刘涛和家人中午的时候也赶到了这个小镇。终于见到亲人了，大家都很开心。曹哥的汽车出现了问题，在此地的修理厂修理，起初找了好久找不到问题所在，在钟哥的帮助下，才发现是汽油泵的问题。钟哥开着车去了修理厂，我们则在镇上小憩，去餐馆吃饭，我们很想来点烤羊腿什么的，但是价格都在每斤80元以上，咽了咽口水，闻了闻香味，只得搞了点比较便宜的当地特色，奶茶20块一大壶，还有莜面、包子，经济实惠，也蛮丰盛的！

　　李沅龙作为先头部队提前开拔，在下午15点左右的时候把位置图发了过来，我们的目的地是呼伦贝尔草原的辉河湿地，距离最近的城镇海拉尔33公里。

　　湿地有些偏僻，不是很容易找，仅有的最明显的标识就是斜对面一个加油站，稍微不留心就走过了，而湿地又没有明显的路标，别说是我们人生地不熟，就算是本地人稍微不留意也会错过。当然还是怪我们准备得不够充分，至少提前到达的大部队，应该留一辆车在那里等待大家。一条仅容一车行驶的公路直达湿地。我们到达的时候，已经是晚上了。湿地还不错，但被过度开发后，显得不伦不类，旁边矗立着许多大别墅，但大多在建设中，所以虽是旅游旺季，游客并不是很多。我们的露营地就在别墅旁边，湿地工作人员帮我们接好了房车用电。草原上的蚊子好凶，我几乎把一瓶花露水都浇到身上，但依然阻止不了蚊子大军的汹汹之势，身上顿时多了一些它们作案后留下的痕迹，大包小包，铁证如山。

晚上，呼伦贝尔旅游局安排大家吃了一顿非常丰盛的晚餐，我们终于体会到了大口吃肉、大口喝酒的豪侠生活。当地的羊肉十分细腻肥嫩，口感与北京羊肉大大不同，蒙古酒很烈，和二锅头差不多，都是后劲十足，但显然不是上等好酒，跟勾兑的散装酒有点相似，即使这样，我们依旧大快朵颐，但我估计，这样胃口大开，肯定与草原上的美景有莫大的关联。仰望星空，繁星点点，这时候喝酒若还遮遮掩掩，也太不给力了！

由于小鹏第二天要离开，飞到外地去参加臧天朔的演唱会，这顿美酒佳肴就算给他饯行了。酒足饭饱之后，我们打包了不少美食，又拿了五六瓶白酒，

我们在大陆房车的搬家工上继续开战，没想到啊，我们公司平时不怎么爱说话的唐庆姑娘，喝起酒来真不含糊，真的让我们刮目相看。我、小鹏、立冬、唐庆、英子姐、小华在玩一个真心话大冒险的游戏，哎呀妈呀，尺度大的啊，我都不好意思说，尤其是英子姐。我也算是见过大风大浪的人物，可在她面前，完败。应该说那晚之后，我见到她就直摇头，乔锐叹着气取笑我："凯凯也有怕的人啊！太少见了！"对此我也无计可施。那晚好像大家都喝多了，折腾到三四点。小鹏更不贴谱，喝得连房间都找不到了，拉着立冬在草原上黑灯瞎火地摸索，听说是两人一起数星星来着，据传，喝了酒的男人最是可爱，这是真的吗？

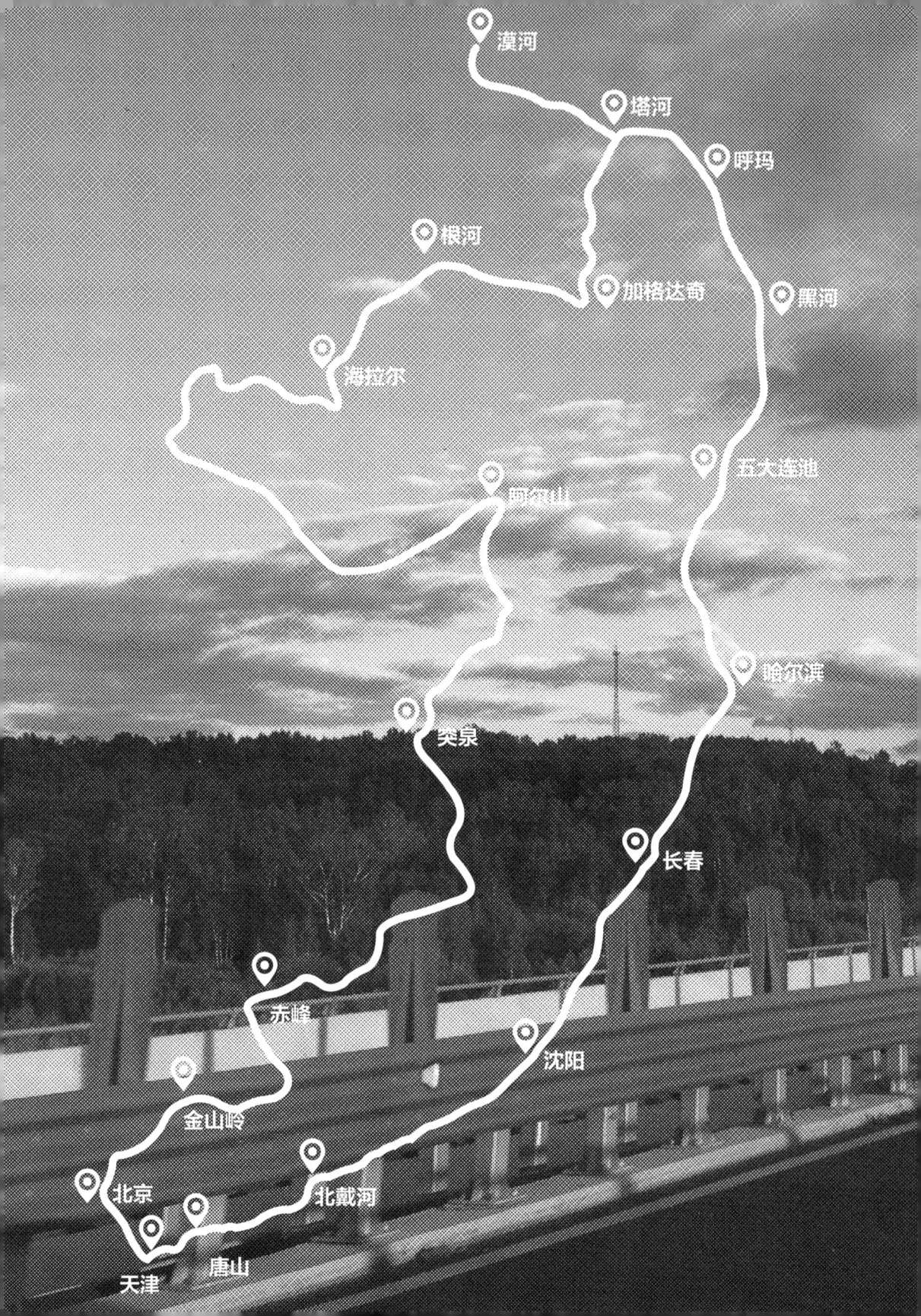

天堂

北京

天津

唐山

北戴河

哈尔滨

沈阳

长春

俄罗斯

漠河

塔河

加格达奇

呼伦贝尔大草原

根河
2014.7.25

阿尔山
2014.7.23-7.24

突泉
2014.7.21-7.22

赤峰
2014.7.20

金山岭长城
2014.7.19

北京市区
2014.7.18

　　次日，推开窗，阳光一片大好，我在湿地旁边溜达了一会儿。周围有许多鸟儿在觅食，但唯一遗憾的是，湿地的水质不是特别好，有些浑浊，我估计是过度开发所致。乔锐给大家做了丰盛的早餐，鸡蛋疙瘩汤配上昨晚的菜，不管吃好，但管吃饱。

草原景观　图

　　如果不好好沐浴着阳光,怎么能对得起这次行程?
那里的草地很软,坤鹏、杜侑澎轮番抱着吉他教两个
小朋友曹宇轩、刘艺麟唱他们的新歌。最烦这帮歌手
了,居然教小孩子唱爱情歌曲,就不怕把她们带入歧
途?如果以后早恋什么的,她们妈妈还不拿刀砍你们。
哪像我一样,乖乖地骑着钟哥的自行车,在草地上玩
花样,虽然骑技不咋样,但还是搏得了亲朋好友的阵
阵掌声。我们在草地上玩的时间并不长,但每个人都
仿佛找到了自己最温暖的故乡,这段时间忙于奔波,
能这样悠然自得,太不容易了。过了很长时间,那
个场景还时时在我的脑海回放。

　　饭后,我要把小鹏送到机场,再把顶替他的藏族

小伙子尼玛接到营地；同时白鸦从北京飞到了海拉尔，同一航班还有我的一个北京妹妹濛子，我还要把他们接到营地；另外小爽和小白他们的新闻组在草原上找不到网络，所以要到城里传图片；而这时舞台车竟然在海拉尔也抛锚了，而且李师傅银子告罄，急需我去救援。妈呀！我完全疯了！这么多事儿，让不让

道路崎岖　图

人活了？

　　我和立冬开着车从草原上往海拉尔狂奔，由于海拉尔正在修路，沿途路况不是很好。尘土飞扬，黄沙漫天，路上都无法开窗，空调又不给力，汗如雨下。离海拉尔28公里处，我们看着路况直摇头，这路也太差了吧，路上有几次剐蹭到了车的底盘。后来我们都没跟曹可提起此事，打死都不说，要是他知道他的爱车遭受如此磨难，还不心疼死——我和立冬是不是不太厚道啊？

　　短短28公里走了近两个小时，我们都快被颠簸哭了！到了市区，找了许多宾馆，还找了几个类似于星巴克、麦当劳之类应该有 WiFi 的地方，快把城镇转遍了也未能如愿。无奈找了当地一个类似五星级的宾馆，让小爽和小白堂而皇之在酒店大堂小憩，我则恬不知耻地去问前台 WiFi 密码。前台小姐问我们是做什么的，我撒谎说是北京某某报社的。她说需要服务吗？我说，没事，我们在这里传点稿子就走了。这姑娘服务不错，更重要是人漂亮，我喜欢！

　　李沅龙打电话问要不要过来一起吃饭，我连说要去机场，就出发了。在机场和小鹏挥手告别，而白鸦、濛子在机场的咖啡馆等了有一会儿了。我接他们上车，一起向城外修理厂去看望李师傅和小赵。这两天可把这两位爷折腾惨了，昨夜凌晨 1 点多才到海拉尔，好不容易找了一个可以停车的旅馆住下。这地方条件不是很好，但能洗澡，只能将就一晚上了。城镇的旅馆不是特别好找，我们费了很大周折，花了将近一个小时。高德地图太不靠谱了，只剩下林志玲发嗲的声音在耳边回荡，但就是找不到正确方向！藏族小伙多吉尼玛昨晚就到了，和李师傅他们在一起。当我为白鸦、濛子介绍藏族小伙时，闹了个小笑话。濛子问："你叫什么名字？"尼玛大声说："尼玛！"濛子脸"腾"地红了："你怎么骂人呢？"我忙给打圆场："他就叫尼玛，多吉尼玛。"濛子不好意思地说："操，我还以为他在骂我呢。"大家哄堂大笑。我们接上尼玛后，大致看了一下车况，又给李师傅

北京

天津

唐山

北戴河

哈尔滨

沈阳

长春

俄罗斯

漠河

塔河

加格达奇

呼伦贝尔大草原

根河
2014.7.25

阿尔山
2014.7.23-7.24

突泉
2014.7.21-7.22

赤峰
2014.7.20

金山岭长城
2014.7.19

北京市区
2014.7.18

留了一些现金，就向呼伦贝尔大草原回程了。由于车子坐不下那么多人，给李沅龙打了一个电话，希望他办完事情后去接上小爽的新闻组。

沿原路返回，在重复了来时的痛苦之后，我们在下午 15:30 分左右到达了草原，白鸦和濛子被草原的景色吸引，拿着相机转着四处拍照去了。由于过了饭点，乔锐嫂子做了一点西红柿鸡蛋面给大家吃，对于饥饿的人来说，有口吃的那是多么幸福的一件事情。给白鸦、濛子他们放了辣椒大蒜，我们几个人三下五除二就把一大碗面条解决了。想想白鸦也很是可爱，这位也可是过惯大生活的人，这次能够与我们在草原上一起吃最普通的家常饭，谁能想到呢？那一刻，我们心满意足，沐浴着阳光，幸福指数好高呀！

白鸦和我是老乡，小时候也在农村待过，和我的背景颇为相似，有时候谈天论地，会比别人亲切很多。他挺爱玩的，属于大男孩的那种，但思维缜密，我望尘莫及。我在开"菲比寻常酒吧"的时候，他经常带朋友一起过来打酒，那时候他的职务还是淘宝网的首席产品设计师，还在经营一家经营理念让我五体投地的咖啡馆，那时在国内已经有五家连锁店了，但有近十个股东，每周轮流值班。我做 2012 张北草原音乐节企划宣传的时候，曾经和他旗下的逛网合作过，真的见识到了他的功力。我这人多傲啊，还真没服过几个人，而白鸦就是我十分佩服的一个。

想想我和白鸦快一年没见面了，上次见面时，他带几个朋友来北京请我们吃了烤肉，那天我开车没喝酒。再追溯一下应该是前两年在杭州浙大门口吃生蚝，那天酒喝得好多，看着美女喝着大酒，聊了许多新颖的事情，高兴处几个大老爷们儿光着膀子，豪饮起来，一帮业内精英集体站在马路边无人区撒尿，很壮观——写这个不好吧！我脸都红了！那天记得喝多了之后，我们又去了另外一个酒吧，要了很大一个桌子，继续喝大酒，反正，那晚我好像是醉了！真是美妙的杭州一夜。

白鸦的工作非常繁忙，在杭州的公司规模不小，这几年成绩斐然，每天忙得跟狗似的。这次能够来草原上玩几天，给自己的心情放个假是多么困难的事情，我们兄弟相聚自然聊了许多，下午，我的事情也处理得差不多。就和白鸦、立冬斗地主，濛子在旁边助阵，作为理科生，我打牌的思路应该比较清晰，所以水平还算不错，但那天手气不顺。该吃饭的时候我输了60元左右，心疼死了。顺便插一嘴，我平时都玩五毛、一块的。

下午的时候，刘涛和一个素不相识的蒙古兄弟喝酒，我从旁边看了一眼，没吱声。他让那位兄弟表演马术，确实很精彩，尤其是在马上凌空抓取地上的矿泉水瓶，技术很高超，一看就知道骑术十分了得。但我怎么看怎么觉得那哥们儿眼神不是很友善，跟我完全不在一个频道，我在那待了几分钟之后就离开了。不出所料，过了一会刘涛过来说，那家伙说马鞍坏了，要求赔偿。刘涛是一个非常

北京

天津

唐山

北戴河

哈尔滨

沈阳

长春

俄罗斯

漠河

塔河

加格达奇

呼伦贝尔大草原

根河
2014.7.25

阿尔山
2014.7.23-7.24

突泉
2014.7.21-7.22

赤峰
2014.7.20

金山岭长城
2014.7.19

北京市区
2014.7.18

善良的人，但我们岂能让人这样欺负他！于是曹可给营地的负责人打了个电话，他们来人帮忙协调此事，化解了一场不该发生的纠纷。

晚上李沅龙和旅游局的领导请我们吃饭，又品尝了一顿大餐，白鸦作为贵宾出席，也算是我给他接风了。那天见过大场面的他对着一盘盘美味佳肴也不矜持起来，拿着小刀一块块切割。大家都喝白的，我也不例外，草原上兄弟们热情得让我们受宠若惊，不能喝也要苦战。席间，有一个唱呼麦的兄弟，和我相谈甚欢。

此刻，草原上的篝火点燃了，摇滚乐的轰隆声再一次响彻草原，上一次音乐响彻草原是在张北拍摄杜侑澎的MV《心随路远》时，由李延亮领衔的团队差点把草原掀翻，但那天的音响只是做了样子。今天的可不一样，全是真材实料。由于宣传得力，草原上来

蒙古马头琴姑娘　图

了近千名兄弟姐妹。那位唱呼麦的兄弟水平真不错，我还挺喜欢这种表演方式，在半梦半醒之间，诚邀他加盟我们根河的演出。

当晚演出给我留下最深印象的是，一个蒙古族女马提琴手的表演。或许是我看杜侑澎、彭钧他们表演太多的缘故，这新鲜的元素竟给了我不一样的新感觉。我多给姑娘拍了几张照片，也算是对她的尊重，这姑娘圆乎乎的，非常可爱，但显然不是童子功，演奏得略微粗糙一些，但已经很不错了。出于对草原兄弟的回报，杜侑澎他们重新翻唱了一首《敖包相会》，现场变成了大合唱。这场演出是我们音乐之旅最重要的一场演出，永远留在了所有人的心里。我不知道以后何时才能再次回到这片我深爱的草原，和我相依为命的兄弟姐妹们一起歌唱青春带给我们的美好。那一夜，所有人眼中流露出来的是真情、是感动、是对音乐的无比崇高的怀念，那一夜更是让我留恋忘返，写到此处，我的眼流不知不觉地流了下来，我想念这个在梦里出现多次，终于实现了的一个草原之夜。

晚上结束以后，我们决定聚一下，钟哥把自己的超级无敌音响拿了出来一起歌唱，我们出来了这么久都没有聚会，我招呼大家一起唱歌庆祝这个夜晚，由于准备得不是很充分，只有黄瓜和面包，剩下的就是白酒了。那晚实际上挺寒酸的，很多是各房车拿出来的私家存货，不过丝毫不能影响我们对于快乐的寻找。大家唱得很高兴，尤其是钟哥快成了麦霸，跑调不说，简直完全没在调上，快把听歌的听哭了。其实，当晚唱得最好的是摄像师小白，我一直认为，个子不高的男生必有其过人之处，歌唱得自然好，比如说尹亮，我的好哥们儿，歌唱得也不错，哈哈！

唱一首郑钧的《回到拉萨》送给关心我们的亲人和朋友吧！我爱你们，因为有了你们，我才有了前行的动力。刚唱到高潮，那个

草原景观　图

蒙古渣男又来找我们的麻烦了，希望我们马上关掉音响睡觉，否则报警。难道我们的快乐是建立在别人的痛苦之上的吗？刚才我们唱的歌你他妈的能听懂吗？还是好好看你的蒙古包吧！不过据我估计，这种垃圾在草原上待不了多久，很快就会被赶出草原，因为草原的人民是淳朴的，害群之马是有的，但是很少，今晚的这位就是奇葩。

我那天喝了很多酒，白鸦扶着我去房车睡觉去了，之后，他和杜侑澎去湿地旁边扎起了帐篷。那一夜我想起了以前的往事，睡不着，我拿了一床被子给白鸦兄弟送了过去，回去的时候有些迷路，我抬头望了望北斗星，借着月光指引，去寻找回家的路，不知过了多久才找到房车，之后倒头就睡了过去。

早上，我们依依不舍地离开了这片美丽的草原。提起昨晚，白鸦一脸兴奋，他说："这么多天来终于睡了一个踏实的安稳觉，而这个觉岂能用金钱衡量，它是无价之宝啊！我们在去下一站根河的路上，在加油站还是遇到了麻烦，李沅龙的搬家工车胎已经被磨得不成样子，龙骨都快磨破了，按道理说这么近的距离不至于磨成这样呀。应该是昨晚那个蒙古渣男把我们的车胎给扎了，才会出现这个状况。我们取下备胎安装上，至于正胎，只有到海拉尔去买了！

在走哪条路这个问题上我们遇到了分歧，那 28 公里对于这么多拖挂房车而言，绝对是一个不可能完成的任务，只有到加油站右拐转到村路上绕过主路向海拉尔进发。但据加油站的员工说，这条路里面有许多沙窝子，如果陷进去，将会很麻烦，但如果返回原路的话需要走 150 公里的路程，这显然是更不靠谱的一件事情，弄得我们很是郁闷。小时候我们都听过小马过河的故事，道听途说是无用的，要用自己的脚步说话，最后，还是选择了村路前行，自古华山一条路，跟丫死磕！

战战兢兢上路，但草原的风景真的是太美了，遍地是牛羊，几次牛挡路我们也无可奈何。我最烦对牛弹琴了，任你奏出何等美妙的天籁之声，这孙子就是一句话：听不懂！完全无视我们的存在，气得我火冒三丈，但无计可施，只能停车抱拳请君借道。我们小心再小心地前行，拍摄组在这地方抓拍了许多优美的镜头，尤其让我喜欢的是草原上有很多防护林，错落有致，郁郁葱葱，与草地交相辉映，构成了一幅天然美图，让人心旷神怡。当然最高兴的还是坤鹏他们拍摄组，给他们提供了多好的素材！

我们在出村的那一刻麻烦事情来了，后挂车蹭地了，无法前行。我心凉了一半，这要是坏了，今晚是到不了海拉尔了。还好，这地方是硬地，立冬把车倒了回去，沿着左手边慢慢冲了上去，车脱离险境时，我们在后面鼓掌欢送，立冬牛逼！

沿途我和白鸦、濛子等人路过一大片油菜花田，真的是一眼望不到边的那种，很多游客闯进油菜田拍照，我们可是有文化的人，不能干那样的事情，所以只是站在田边摆出各种造型，像花儿一样灿烂地留下了各种靓影，青春得我都不好意思跟你们说。紫外线很强，刺得我皮肤微疼，大老爷们就不矫情了，倒是濛子各种护肤用品往脸上一个劲地涂抹。女人呀女人！

我们就这样与呼伦贝尔大草原渐行渐远，但沿途所遇既让我们感受自然之美，又让我们陷入深深的思考。我们离开时，把所有的垃圾都装袋整理，放在房车里，运到垃圾站。这是我们每一站必须做的事情。我们这次音乐之旅，也是一次公益环保之旅。坤鹏在采访一位当地蒙古大姐时，她说："我们不太喜欢你们城里人，你们来到我们这里，我们首先是欢迎的，但你们也留下了很多的垃圾，给草原带来了很多麻烦。我希望你们城里人能把草原看成你们的家，像我们一样呵护她。"

捡垃圾的小孩　图

呼伦贝尔
八千里路

漠河

塔河

呼玛

根河

加格达奇

黑河

海拉尔

五大连池

阿尔山

哈尔滨

突泉

长春

赤峰

沈阳

金山岭

北京

北戴河

天津

唐山

朋友

　　我们花了一个多小时，打扫完了我们昨夜留下的所有垃圾，还草原一个清净，这不是做给别人看的，这代表保护自然环境的责任，我们要用一言一行告诉所有人，我们是首都来的有文化、有素质的都市人！当然，这也是我们此行的原则。

　　离开呼伦贝尔草原，我们直奔下一站根河。根河地处大兴安岭腹地，这里

冬长夏短。我们开着车，在大兴安岭山间穿行，由于是旅游淡季，路上车辆很少，高速行驶三四个小时，都见不到人烟，就连休息区能够加油的地方也屈指可数。两边都是树林，十分秀美，成片的绿色消解了疲劳，让人几乎忘记了时间的存在。有时会突然有一些小狸鼠，从车前窜过，引得车上的小姑娘们连连娇呼。路边偶尔也会

有小河流过，河水清澈得让你忍不住停下车来洗把脸，再无耻点的话，就把鞋子脱掉，泡泡脚。河水很凉，洗把脸还行，要是想游泳，压根没戏。首先说明这不是饮用水，这里不许说我们没素质。

我们大概在下午五点钟到达了根河湿地公园，这里是一个房车露营地，里面停靠了很多房车，景区去年刚刚买了六辆艾威国际房车，所以说立冬和他们比较熟悉，沟通无障碍。而且所有设施都相对比较完善，游客很多，生意相当不错，但每年也只有几个月开业。我们时间比较赶，无暇慢慢领略此地的风貌，待我们的大队人马陆续抵达，便开始准备当晚的演出，舞台车居中，其余几辆两侧依次排开，蔚为壮观。

由于乐队要排练，晚饭吃得较晚，但大家状态不错，晚上的演出很成功。景区仅留了两个房间供演职人员休息，里面的水不是特别热，洗澡略有问题，无奈只能带他们到景区大澡堂洗澡。澡堂不是特别好找，我们路也不熟，在景区工作人员的带领下，我拿着大手电，颇费周折，终于找到了大澡堂。说是大澡堂，也仅有四个淋浴头。大家打开淋浴头，发现还是没有热水，顿时感到很沮丧。可是景区工作人员刚刚分明告诉我有热水，我多了个心眼，就把男女两个房间的八个水龙头全部打开，20分钟之后，冰冷的房间终于热气腾腾。岳旎、濛子、余爽一帮丫头在里面洗澡，我负责在门口站岗放哨，以致我是最后一个洗完澡的男同胞。之后，我们几个在门口唠嗑，许久许久，这帮丫头才走出浴室。

坤鹏他们车开得太慢了，演出开始时，才匆匆赶到，所以没有时间吃晚饭，这点儿才想起饿了。乔锐

郭志凯 & 白鸦 喝酒菜　图

大兴安岭景观　图

嫂子又给他们下了点面，我和白鸦他们住搬家工，我俩想喝点小酒，但发觉这地方连一点下酒菜都没有，无奈去曹可的房车里待了一会儿，说了会儿话，拿走了一瓶罐头，还有一点瓜子。当时我们车里还没电，只有一盏小太阳能灯，在微弱的灯光下，仅能看清对方的脸。瓜子是顺人家弃下的，不脆。而且连筷子都没有，罐头都是用手抓着吃的。酒杯也没有，地上捡了两个瓶盖开喝。濛子在我们上铺，摇了摇头，只说了一句：你们这俩大佬，也有今天！弄得我俩面面相觑，用头撞墙的心都有了。就这样，一不小心干掉半斤多。喝完直接把桌子掀了，然后撒尿睡觉，打呼噜！

　　第二天上午，在景区负责人的带领下，我们浏览了湿地公园，山清水秀啊，拍照的时候，连蜜蜂蝴蝶都自己飞来抢镜头，好像童话的世界一样。再和大家说两点遗憾，一是好几公里湍急的河流不能漂流；二是站在山顶，山水尽收于眼底，却只能匆匆眺望，不能于此长留。

工业转型　图

郊志凯送水 图

在根河，我们做了一些补给，买了十二捆矿泉水，五毛一瓶，掏钱的时候，有种大款的感觉。我和曹可、彭钧他们七八个人吃了一个本地的大西瓜，清甜可口。当然姑娘们买了各种零食，我估计是昨晚上窘迫的情景让她们心有余悸。现在的姑娘们，可真聪明啊，比

大兴安岭漂流　图

我们强多了！

在根河和曹可大队人马一起午餐的时候，接到小赵的电话，李师傅的舞台车在开往加格达奇的大兴安岭丛林里开锅了，那地方离根河十几公里。其实我那会儿特别懊恼，我跟他们说了，中午在根河吃饭，吃完饭之后再奔赴加格达奇。因为路途较远，大家互

相有个照应。由于他和小赵鬼使神差没有听从我的意见，这时被困途中，饥寒交迫，只能等待救援。我和立冬、白鸦、濛子带了两个外卖，匆匆出发去救援。

我们一直在大兴安岭山林里穿梭，因此不能开得过快，所以一个小时之后，我们才找到舞台车。可是我们的车刚刚停下，也不争气地开锅了。真是"屋漏偏逢连夜雨"。现在想想特后怕，如果我们的车半路抛锚，那该如何是好。这会儿也顾不了太多，看着他俩狼吞虎咽的样子，我也不好意思指责什么，但我还是和白鸦他们做了点工作，用树枝前后做了路障。这一点，我严厉地批

吉普车烧锅　图

吉普车烧锅　　图

评了李师傅，作为有多年行驶经验的老司机，怎么
能出现这种低级失误，车辆坏在路上为什么不设置路
障？如果有别的车辆经过，却没有明显的路障，那后
果将不堪设想。李师傅虽然不是特别高兴，但对我

歌伦贝尔
八千里路

的建议和批评还是表示认同。

我们大伙一边收集矿泉水，一边集体憋尿，准备救援。天无绝人之路，舞台车前方30米处，白鸦在设置路障的时候，居然发现了一个水坑，缘分啊！水不是很干净，但要冷却水箱，这个水质已经足够了，我和白鸦很兴奋地灌了满满一桶水，慢慢倒入舞台车的水箱中，李师傅发动车辆，测试了一下，齐活！可是我们的车还存在问题，由于水箱过热，我只能冒险用抹布轻轻拧开水箱盖，让热气散发出来——哥们可是冒着毁容的危险啊。像我这样吃青春饭的人，真心伤不起啊！好怕怕！唉，为了歌伦贝尔房车音乐之旅，拼了！

修好车后，曹可大部队和我们会合之后，向加格达奇地区挺进，或许是大家比较疲惫，加上路不是太好走，所以走走停停。李沅龙和舞台车李师傅有点累了，将两辆车停在路边的休息区睡觉，我和立冬他们继续向目的地方向驶去。在下午16点钟左右的时候，才找到露营地，那是一家废弃的滑雪场，环境很不错，

郭志凯 加格达奇 图

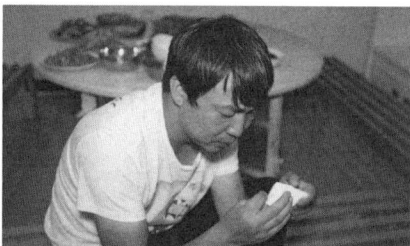

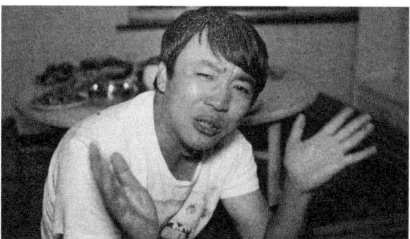

北京

天津

唐山

北戴河

哈尔滨

沈阳

长春

俄罗斯

漠河

塔河

加格达奇

呼伦贝尔大草原
2014.7.26

根河
2014.7.25

阿尔山
2014.7.23-7.24

突泉
2014.7.21-7.22

赤峰
2014.7.20

金山岭长城
2014.7.19

北京市区
2014.7.18

但可能因为不是冬天，所以看上去非常荒凉，杂草丛生，但停车的地方如半个足球场那么大，足够用了。

晚上 18 点左右，李沅龙给我打了一个电话，大意是说今天很累，不想赶到我们宿营的滑雪场，要在加格达奇县城里住一宿，由于第二天没有演出任务，再说舞台车李师傅也希望在县城里修一下车，我没多想，就同意了。结果，麻烦来了！

曹可一听我擅自安排李沅龙他们在县城里休息，马上和我急了，我们在大庭广众之下吵了起来，吓得濛子赶紧去喊白鸦。白鸦很淡定地说，合作伙伴吵架很正常，不用管他们，让他们尽情吵，打起来都无所谓。曹可觉得我没有问过他就擅自做主让李沅龙他们在县城里休息，破坏了整体协调性，而且，最大的问题就是不能统一指挥，这样有可能不能顺利到达漠河。我也急了，我说你嚷嚷个毛呀，有啥问题不能直接解决呀，你觉得我安排得不妥，直接给李沅龙打个电话让他们过来和我们汇合不就行了，大吵大闹能解决什么？之后我俩对骂了几句。场面一度失控。最后，我给李沅龙打了个电话，希望他今晚务必赶来。

　　说实话，我没和曹可打招呼，是我不对，关于这件事情我应该同曹可和杜侑澎商量一下。另外，李沅龙也应该给曹可打个电话请示一下，毕竟他是总指挥，我只负责后勤保障。总之，环环相扣，那是一个很糟糕的下午。

　　滑雪场有个厨房，大家买了许多菜，做得很丰盛，但我提不起一点精神，呆呆地坐在那里，坤鹏和颖哲过来采访我，我说心情不好，不想说什么。坤鹏说，你有啥不痛快的就说出来呗！我经不住他这样激发，如泉涌般将郁闷一股脑倒出。我说："今天和曹可吵起来了。我和他认识20年了，都没有像今天这么激烈，说实话，今天是我不对，我不应该擅自做主让李沅龙和舞台车李师傅在县城里休息，我不想逃避责任，错就是错了。"说到这里，我居然哭了，而且哭得很伤心。

歌伦贝尔房车音乐之旅真的太难了，三个兄弟自掏腰包做了一件相当傻逼的事情，看上去挺伟大，可那都是废话。三个不靠谱的二逼青年做了一件多么二逼的事情呀？我哭得很伤心，那是我这一段时间以来的第一次失声痛哭，不管身边站了多少人，反正我就是这样的人。至于那天为什么声泪俱下，我也说不清楚，但就是觉得心里憋屈，这算理由吗？坤鹏将我痛哭流涕的一组照片发给了我，我发了微博和微信，我说："永远年轻，永远热泪盈眶。今天绷不住，哭了！歌伦贝尔音乐之旅，太难了！"一下子惹来无数亲人关怀，赵明义、汤潮、黄田等诸多朋友也都为我加油鼓劲，让我心情略略平复。臧天朔也私信我说：兄弟怎么回事儿？怎么过得这么惨，需要哥帮忙你说话，哥把东西给你空运过去！我一下子就想起臧哥的那首歌《朋友》。

朋友

朋友啊朋友

你可曾想起了我

如果你正享受幸福

请你忘记我

朋友啊朋友

你可曾记起了我

如果你正承受不幸

请你告诉我

朋友啊朋友

你可曾想起了我

如果你正享受幸福

请你忘记我

朋友啊朋友

你可曾记起了我

如果你正承受不幸

请你告诉我

朋友啊朋友

你可曾记起了我

如果你有新的

你有新的彼岸

大锅面　　图

请你离开我离开我

朋友啊朋友

你可曾想起了我

如果你正享受幸福

请你忘记我

朋友啊朋友

你可曾记起了我

如果你正承受不幸

请你告诉我

朋友啊朋友

你可曾记起了我

如果你有新的

你有新的彼岸

请你离开我离开我

朋友啊朋友

你可曾记起了我

如果你有新的

你有新的彼岸

请你离开我离开我

朋友啊朋友

你可曾记起了我

如果你有新的

你有新的彼岸

请你离开我离开我

　　晚上大家倒是喝得很高兴，我有点喝多了，将大家聚拢过来，说了一些拍胸脯的事情，并告诉诸位兄弟姐妹，非常感谢大家能够和我们团队肝胆相照，为了使我们的旅程更加完美，我决定戒酒了。我会将我们这一段如此精彩的故事写成一部小说奉献给那些关心我们的、看我们笑话的人，让他们去说吧！让他们去骂吧！我们要做一件有意义的事情！我那天嗓子哑了，说了许多不靠谱的话，在外面晃了一圈，遇到钟哥在唱歌，我们一起唱了起来，我那晚唱了《悔过书》《再

0 120_

Golomber
8,000
Miles

见》《恋曲1980》等等悲伤的歌，嗓子哑了的感觉真好，几乎听不到自己的声音，只能感觉到自己的灵魂在歌唱，一种从未有过的感觉跃上心头，多么忧伤的一个夜晚呀！那种寂寥的心情谁能够体会！

晚上睡到半夜，被大雨惊醒，起来到院子里撒了一泡尿，傻乎乎地仰望着天，任大雨飘落在我的脸上，"给我点儿爱情，我的护士姐姐，快让我哭，快让我笑，快让我在雨天里撒点野儿"，对着天空在心里唱了一首《快让我在雪地上撒点野》，一下子清醒了许多。在周围溜达了一圈，回车里继续睡。

早上，起得很早，在滑雪场溜达了一圈，仔细地回忆了一遍昨天发生的事情，但有的还真想不起来了，年纪大了就这点不好。靠近缆车那里有一只藏獒，凶巴巴地看着我，我赶紧退了回来。雨后一切都显得清新起来，平时不爱看的灌木丛也多看了几眼，沿着狭窄的柏油路向出口处走去，突然有种异样的感觉，如果有个美女和我一起散步就更好了，真的浪费了这么好的天儿。在门口和看门大哥聊了几句，给他点了一支烟，了解了这里的一些情况就回来了。

小爽遇到我，关心地问我头还疼吗，我说还行，追问了她一句，爽！我昨晚没跟人拍胸脯吧！小爽笑着说，这个真没有，不过，你跟所有人都拍了胸脯。岳旎这会儿过来了，指着我说，郭老师，你真丢人，见谁都跟人说"我要把你写在我的书里"，你太过分了！这词儿泡妞用的吧！说完这句，她转身走了。我轻轻挠了一下头，不好意思地低了下去，丢人呀！

早饭是我们自己做的，熬的粥还不错，每人都吃了一点，再加上昨晚没有吃完的剩菜，你还别说，小生活还真不错。我吃了口热的，出了一点汗，感觉酒醒了很多，一下子心情也跟着好了起来，他们说喝多了早上得来两口，我和旎儿开玩笑说，让她再帮我找瓶酒，我再来两口。她没搭理我，不屑一顾地说，某人昨晚说戒酒了哦！我说，昨晚戒酒，今天开戒！切！一桌人都笑了起来。

漠河

塔河

呼玛

根河

加格达奇

黑河

海拉尔

五大连池

阿尔山

哈尔滨

突泉

长春

赤峰

沈阳

金山岭

北京

北戴河

天津

唐山

充满阳光

　　昨夜雨很大，噼噼啪啪砸得跟交响乐似的，奏了一夜。我醒的时候头有点疼，可能跟喝大了有关，躺在床上回想起昨日发生的事情，百感交集。我在想歌伦贝尔房车音乐之旅的意义到底是什么，是一次说走就走的旅行，还是仅仅做个姿态给别人看，是心甘情

艾威房车在路上　图

愿奔向旅途，还是为了某种目的背上包袱艰难行进。不管最初的目的是什么，现在既然已经走到这里，那就只能勇敢地继续向前了。

起来囫囵吃了一碗热汤面，在院子里逛了一圈，出了一身汗，感觉身体好了许多。刘涛在洗脸，遇到我，乐呵呵地说：昨天喝大了吧！我不好意思地笑了。钟哥钟嫂这时也晃晃悠悠地走过来，和我们聊天，钟哥拿了两支口服液，递给我一支：老郭来一个，补补！我摆摆手：哥们儿身体倍棒，吃嘛嘛香，谁需谁喝，我才不要！这时候钟嫂接过话茬儿：光补上面有什么用，最重要的是补肾，晚上咱到塔河试试！我和刘涛他们全疯了。我太喜欢听钟嫂说话了，段子络绎不绝，简直就是一活宝啊！

滑雪场楼上有许多工具已经被马放南山了，包括索道也停止运营，应该是在等待冬天的来临。不过在盛夏浏览滑雪场风景，也别有一种情怀，树林环映，野草丛生，中间点缀着一些不知名的野花，让我想起了朴树的那首《那些花儿》，此刻，我吟唱着这首歌，心也随着歌声四处游荡。

摄影师颖哲出了好多疹子，几乎遍布全身，这里的阳光特别毒，晒在皮肤上，又红又痒。颖哲平时又不太爱说话，斯文得像一个在校大学生，当岳旎她们给他擦药时，他居然羞红了脸。多么可爱的男生啊！我们那些未婚女青年，他能否给你们当个备胎啊。有多年户外经验的曹可应付这种小病绵绵有余，他拿出独家秘方"艾草"点燃后用烟熏患处，居然瞬间好转，太神奇了！这个"大夫"水平不错！立冬好像原来也患过湿疹，并且找名医看过，痊愈了，车里还有药方，他将使用方法为颖哲做了详细的介绍，并嘱咐他们摄制组到镇上的药店买完后直接使用。估计很快颖哲的烦恼就会烟消云散。

我们离开滑雪场，到附近的加油站加了油，做了简单的休整，这时，遇见了李师傅在修理厂修车，据他介绍，还缺少几个零件，当地很难买到，还需要想

北京

天津

唐山

北戴河

哈尔滨

沈阳

长春

俄罗斯

漠河

塔河

加格达奇
2014.7.27

呼伦贝尔大草原
2014.7.26

根河
2014.7.25

阿尔山
2014.7.23-7.24

突泉
2014.7.21-7.22

赤峰
2014.7.20

金山岭长城
2014.7.19

北京市区
2014.7.18

杀人游戏　图

办法解决。我们与他匆匆告别，赶往塔河。此时的天气还算晴朗，路况也比前几天好了许多，但偶尔还是会有一些起伏，不过车速还是能达到 70 迈。沿途的丛林有许多白桦树，很细、很高的那种，这个季节丛林虽然郁郁葱葱，但大同小异，我们已经没有像前几天那样兴奋了，大家连停下来拍照的欲望都没有。

但我相信，秋天来临的时候，树木一定会呈现出各有的姿态，金黄点缀着苍绿，红叶渲染了醉容，那肯定如陶渊明笔下的桃花源一般。那一刻我忽然想起去年秋天到北京香山看红叶的场景，人山人海，挤得跟孙子似的，各种拥堵，搞不清楚是去赏红叶还是数人头，想起来都心有余悸。同这里相比，香山又算得了什么！或许是我有些武断，应该说两者各有所长吧！这样也显出来我的圆滑，至少喜欢香山的人们不会骂我。

路上我和立东有一搭没一搭地闲聊，在距离塔河 100 公里处，天空艳阳高照，却突然下起了雨，应该算是传说中的太阳雨吧。还好前几天没洗车，这回算是捡了个大便宜！想到省了几十块我心里美滋滋的。可惜好景不长，开了十分钟以后，雨就停了！车显得更脏了，我这如意算盘落空了！小悲伤。

又累又乏，过了一座桥，路遇一个农家大院，我们7辆车想都没想就浩浩荡荡地开了进去。老板看到这么多房车，有些略微不适应地看着我们，可能人家以为鬼子进村了。老板用当地话问我们："你们弄啥子来？""拍电影的！"我说，"待会你们内蒙古政府的人会来迎接我们的！"那几个老乡懵了十几秒后，小声说："我们这是东北，跟内蒙有啥关系。"曹可这帮兄弟们开始取笑我了，弄得我脸微红，为了掩饰我的错误，我急中生智，找借口说："昨晚喝多了，你们不是说要去内蒙吗，怎么拉到东北来了？靠不靠谱

塔河白鸦起跳　图

啊？"大家哄堂大笑，我就这样蒙混过关了。

　　老乡们可能没见过房车，各种好奇，弄得我们各种解释。虽然是一处停靠站，但估计他们以前没有接待过我们这么多人，赶紧给老板打了个电话。这时有两个从塔河过来的年轻人，和我们聊了几句，他们在滑雪场见过我们的房车，也知道我们是做音乐、拍电影的，所以话题就多了起来。原来这里盛产蓝莓，这两个年轻人是过来收购蓝莓的。过了不久老板骑着摩托车带着娘子驾到，给我们准备了一些吃的，院子挺大，有一口井，旁边支着一个大铁锅。余爽她们问：这锅平时不会是用来杀猪的吧！老板乐了：这锅忒小，猪进去了，水都干了。我们都乐坏了。东北人就是实诚，给我们煮了满满一大锅面，苏格兰打卤面真是不错呀！大家吃得老开心了！不过卤是要钱的。

　　东北的木耳和内蒙的木耳一样好吃，我们一下子又点了两盘。他们院子里种了很多菜，天然绿色无污染无任何添加剂，还养了很多鸡鸭鹅什么的。小葱很好吃，青辣椒贼辣，吃了一个，满头大汗！老板知道我们是做音乐的，特意把外甥女从家里接到农家院，吃饭期间，让小姑娘给我们唱了一首"映山红"，希望我们能指点一二。大家有些敷衍，但还是认真地给了评价，说实话，东北人这点挺好，大大咧咧，从不放过任何机会，就像赵本山老师的小品《不差钱》里小沈阳的那种感觉一样。姑娘人不错，但我实在不好意思说什么，吩咐岳旎互留了一下联系方式，也算是面子活吧！我们临走的时候，老板还送了我们一些蔬菜。唯一遗憾的是，厕所环境太差，就是在院子角落随便挖了个坑，搭了几块木板，十分简陋，姑娘们都快疯了。难怪菜很新鲜，原来肥料是这么来的。

离塔河不远处，看到一个服务区，还可以加油，几辆车开进去之后，准备小憩一下。姑娘们着急上厕所，服务员说，没有厕所，牌子虽然挂上了，但还没有正式对外开放。弄得我们很是郁闷，你没建好，挂什么牌子！这算是糊弄吗？

和沅龙哥在塔河宾馆汇合，开了三个房间，让女孩们去洗个澡。

塔河舞台车前合照 图

我们三天都没洗澡了，连我都觉得发霉了，更何况姑娘们！宾馆里没有 WiFi，3G 网络也很糟糕，我简单洗了一个澡，由于横幅丢了，我去旁边的图文设计店重新做了一幅，约好了第二天去拿。回来的时候，在楼下停车场打了个电话。那时，几个青年男女围着房车小声交谈，我以为是路人，没搭理他们，径自去房车里取衣服，没想到他们主动过来和我聊天，我这才知道原来是塔河宾馆的经理杨帆，他说："我原来以为房车是很豪华的那种，奔驰、宝马，和冯小刚《不见不散》电影里演的一模一样，没想到如此适合普通人，挺有意思的。我在网上看到了你们一些消息，知道你们都是一群喜欢音乐的人，最关键的是你们这次所有的演出都是免费的，还做了一些公益活动，让我挺钦佩的。你看我能帮你们什么吗？"

我一看机会来了，立刻恬不知耻地说，这地方空气挺好的，我们准备在这里露营了，开个房间，洗个澡挺好的，但是预算有限，如果能给提供几个房间就更好了！杨帆特有领导范儿，大手一挥，你需要几间房，我们免费支持你们一下，晚餐给你们准备几桌，明早再简单给你们准备点早餐，也算是我们塔河县对你们音乐之旅的支持吧！天上掉下个林妹妹，馅饼啥的，幸福来了，我都接着！曹可和嫂子此刻也走了过来，了解情况后，也很开心。东北人都是活雷锋啊，为了表示对他们的感谢，我们拿了两本书送给杨帆和李明阳。

之前我们曾经联系过旅游局，他们对此行特别支持，特地派一个工作人员慧儿陪着我们去逛了一下本地最有名的农贸市场，我和白鸦、杜侑澎、濛子、钟哥、钟嫂一行人兴奋地走在宽阔的大马路上。没有想到慧儿还是青蛙乐队的粉丝，居然还会唱他们的歌，让我们有些意外。后来我遇到彭钧的时候，开玩笑说：哎，哥们，我遇到你歌迷了！彭钧不相信地说：别逗了。我笑着走开，一边还说：逗你玩儿！

塔河以前大概有 10 万人，由于政府封山育林，许多人迁往外地谋生，现在约有 5 万多人。这里民风很好，慧儿说原来在南方被抢了好几个手机，但在这里丢东西大部分都能找回来，我觉得这根本不可能，难道各种监控太多？她说不是，的确是民风淳朴，我信了。本县最大的百货大楼 17 点就关门了，沿途的一些店面关得也比较早，这让我想到了法国某个小镇。下午 16 点之后打烊，约朋友各种喝咖

北京

天津

唐山

北戴河

哈尔滨

沈阳

长春

俄罗斯

漠河

塔河

加格达奇
2014.7.27

呼伦贝尔大草原
2014.7.26

根河
2014.7.25

阿尔山
2014.7.23-7.24

突泉
2014.7.21-7.22

赤峰
2014.7.20

金山岭长城
2014.7.19

北京市区
2014.7.18

啡大酒去了。街头有一些大妈在扭大秧歌，我们几个贱兮兮地在路上各种模仿，四周过往行人疑惑地看着我们这帮神经病。

这里的农贸市场和北京的差不多，但街边小摊居多，有好吃的蓝莓和野草莓，我们买了几斤甜瓜，样子虽然长得不怎么样，但吃起来特别甜。灵芝很贵，我很想买，但没法带，最贵的野生灵芝2000元左右，还是比较公道的价格。小吃街的海鲜做得还算地道，但我总觉得在如此偏僻的小城吃海鲜，严格来说是一件非常不靠谱的事儿。地方特色小吃很不错，如铁板凉面和炸鸡柳，超级火爆，队伍一直都很长。这场景让我想到了洛阳羊肉汤、郑州胡辣汤。一个小店火爆起来，那可是很赚钱的呀！不过我们不想排队，所以也就无缘品尝。

钟哥太爱吃了，见到好吃的就走不动。钟嫂说：老公！来，吃口草莓晚上好干活。我们都乐疯了！钟哥说，郭兄！晚上我们找几个MM去嗨皮一下吧！钟嫂说：好呀！去吧！明早你看看挂件还在不在？卖个小关子，这句你听懂意思了吗？仔细回味哦！

当地一种叫作"倒骑驴"的三轮车吸引了我们的注意，和北京的三蹦子电动车不同，这种车车斗在前，车座在后，乘客坐在司机的前面，相当于被司机推着走。这么新奇的玩意儿，濛子、白鸦他们当然把持不住，为了不给自己留遗憾，我们等了足足四十分钟才凑齐了三辆车。大家分别感受了一下，感觉挺好，收费也很合理，2元一位，让大家惊呼过瘾，准备了20元零花钱居然没有花光，像我这么爱消费的人士晚上怎么能睡着觉呢？哈哈！不过我们乘着三轮车逛了当地一个非常不靠谱的公园，在那里待了十分钟之后，就失落地走回了宾馆。

一帮人聚在房间里玩杀人游戏，玩得天翻地覆，尺度有点大，模仿做爱动作、亲吻眼皮儿啥的，看的我脸都红了！现在的90后呀！

节操在哪里呀？在哪里呀？他们邀请我加入，我可不能和他们同流合污，如果输了怎么办？和女的一起模仿、游戏还行，男的该如何收场，公司员工会如何看我？我这种前怕狼后怕虎的心态，果真要不得，跟他们完全是两个频道，我只能在旁边临时充当摄影师，将精彩镜头一一记录下来。

刚才收到旅游局慧儿的微信，明天请假要带上两个姑娘和我们一起去漠河演出，想到有姑娘作陪，我就开心！不过，白鸦、濛子明天下午就要飞回北京了，还是略感遗憾，但这几天的相伴让感情还是递增了许多。白鸦全新的互联网营销理念也影响了我的思维模式，真的是一位良师益友。我想未来也许很难再有如此难忘的经历了！想到这里，心里不免伤感了许多，很是舍不得。

漠河

塔河

呼玛

根河

加格达奇

黑河

海拉尔

五大连池

阿尔山

哈尔滨

突泉

长春

赤峰

沈阳

金山岭

北戴河

北京

天津 唐山

六月天

塔河旅游局慧儿居然单枪匹马要和我们一起去漠河演出，我以为随便邀请敷衍一下就行了，可是人家丫头当真了，弄得我有些措手不及，又不好拒绝，无奈只得应允。这姑娘挺好，路上聊个天，还能当个免费向导，两全其美，这么一想心里舒服了许多。

出发时我没有启用导航，以为有慧儿啥都解决了，没想到这姑娘路也不熟，没走出多远就被限高杆阻挡了，她着急自责的样子楚楚动人，弄得我和立冬闷头干活，还要不断安慰她。想想都有点可笑，这向导当得可真够不及格的。我们在无路可退时，立冬居然将

呼伦贝尔
八千里路

道路崎岖 图

牵引车和房车卸开，我们几个拉着后面的房车直接旋转180°，这样问题解决了。我们当着立冬的面儿使劲夸"艾威"房车，我开玩笑说：立冬，我们这么夸你们艾威房车，你们廖总知道吗？立冬不屑一顾："那是我们质量好！"

塔河到漠河有288公里，又是一次漫长的旅程，路况不是很好，车速起不来，曹可要回了自己的豫C，立冬则开着曹可借来的车，心里不是很乐意。其实这也不怪立冬，那辆车确实不好开。由于技术原因，房车刹车灯、转向灯全都罢工，这在夜晚行车是极不安全的，还好是白天。期间，车又在丛林中抛锚，可把我们几个惊到了，前不着村，后不着店，手台和手机都没有信号，我赶紧拿树枝在后面设故障标示。鼓捣了许久，立冬把高速4档改为2档后方才启动，这个小插曲可一点也不好玩，心有余悸。

慧儿真是一个活宝，热情得让我们受宠若惊，除此之外，还有些话唠，胖姑娘真的招人喜欢，一路上嘚吧，把我们乐坏了。我们聊很多话题，甚至有一些发生在东北的奇闻异事，神乎其神的，可惜我昨晚写东西困得要死，经常听到半路就睡着了，往往有头没尾。一般我在极度安静的环境下才能安然入睡，车上颠簸，是睡不着的，可能是昨晚写东西苦费心思、大伤元气，这会儿极度疲劳，也就随遇而安了。

开了将近两个小时，路况变得很差，坑坑洼洼让车颠簸得厉害，我和余爽开玩笑说，还好我练过骑马，这种路况颇有在草原上骑马的感觉，很爽，我还做出绉缰绳夹马肚的动作，弄得大家开心不已。路边有许多蓝莓基地，规模都不小，种植数量非常惊人。蓝莓营养价值高，可以制成饮料、酒、酱等多种产品。说来奇怪，我不是很喜欢蓝莓，酸酸甜甜的味道有些奇怪，尤其是价格还那么贵，好一点的蓝莓单价都在25元到30元之间，不过大多数女孩子十分喜欢，让人费解。

天气像极了六月的天，孩子的脸，刚刚还晴空万里，过一会就阴云密布，再过一会就暴雨如注，我们都快被折腾疯了。这样变幻莫测的天气也是第一次遇到，心里还是略显兴奋。空气质量可以用上佳来形容，我估计PM2.5在这儿一点生存的余地都没有。本来我的鼻子一直有炎症，但它好像很喜欢这里，一直正常工作。想想在北京"自强不吸，霾头苦干"，各种爆表，太痛苦了！这个季节很多首都人民都到这边来呼吸新鲜空气。我突发奇想，要是能把这里的空气倒卖到北京，还真是一条财路。我们在路上遇到一辆齐齐哈

北京

天津

唐山

北戴河

哈尔滨

沈阳

长春

俄罗斯

漠河

塔河
2014.7.28

加格达奇
2014.7.27

呼伦贝尔大草原
2014.7.26

根河
2014.7.25

阿尔山
2014.7.23-7.24

突泉
2014.7.21-7.22

赤峰
2014.7.20

金山岭长城
2014.7.19

北京市区
2014.7.18

尔的房车,和对方按按喇叭,打个招呼,心情颇为舒畅。

中午 13 点左右在一个小镇上和曹可汇合,本来大家还想吃点东西、休息一下,但一看到环境很差,就失去了食欲。那一刻居然特别想念东北那个给我们煮一大锅面条的农家院,虽然简单,但能令我们胃口大开。其实,很难理解从塔河到漠河这么漫长的旅途,居然看不到几个休息区,也看不到饭馆,我们正在纳闷儿,慧儿给出了解释,她说这里每年只有 2 ~ 3 个月的经营期,如果开个饭馆就很难赚到钱,大家都很精明,谁也不愿意做赔本的买卖。不过这么长的一段路,没有休息区,很不方便,路上若出现状况,也不知如何是好,如果当地政府能够采取一些措施,扶持扶持民族企业,这给我们这些长途奔波的人多少温暖和欣慰啊!聊着聊着大家肚子开始罢工了,一个个前心贴后背。我有点后悔刚才的决定,如果那时随便吃一点也不至于下午 15 点还没有吃上午饭,只是世上哪有后悔药卖呀!再不好吃的饭毕竟也是饭啊。唉,说白了,我们还是热切盼望能有一家餐馆,安顿我们的辘辘饥肠。

北极村广场黄昏　图

北京

天津

唐山

北戴河

哈尔滨

沈阳

长春

俄罗斯

漠河

塔河
2014.7.28

加格达奇
2014.7.27

呼伦贝尔大草原
2014.7.26

根河
2014.7.25

阿尔山
2014.7.23-7.24

突泉
2014.7.21-7.22

赤峰
2014.7.20

金山岭长城
2014.7.19

北京市区
2014.7.18

离漠河 70 公里处，看到我们的舞台车停在路边，那一刻我的心咯噔提了起来，生怕舞台车又一次出状况。我们下车打了个招呼，知道车安然无恙之后，顿时将心放在肚里。不远处有个餐馆，我们一帮人简单地吃了一点面条。这时，舞台车的老板给我打了一个电话，各种抱怨，威胁我说如果路况不好出问题让我负责修车，甚至还让我写个字据，让我保证车辆安全啥的。气坏我了，路上不确定因素太多了，我怎么能保证车辆百分百不出问题，谁能给我一个保证？我据理力争，摆事实、讲道理，我说，上次舞台车在突泉车厢板损坏，我找当地的一个警察帮忙才修好，本来应该付给人家 2000 多元，最后人家给个面子，收了半价，给你的木质车厢板换了五厘米厚的铁皮，我们干了整整一下午，以后你都不用担心车厢板的问题了。你现在跟我各种扯皮，本来有合约，我们付了押金、租金，有啥扯皮的，你做生意太精明了，真的太没人情味儿了！

好烦，最后还是说服了对方，他终于不再提无理的要求了。舞台车司机李师傅有时候特轴，还时常给老板打小报告，老板不在现场，根本不能准确了解状况。我就这事儿跟他聊了几句，还是希望他能够给自己的老板一些正能量，别在这些琐事上纠缠，生意不是这么做的，等等。我说了许多鼓励的话，由于平时对李师傅不错，我的话他也听进去了，不过他提出的要求是最好不让尼玛跟车，两人没啥话说，气场不对。我没说什么，只说我考虑一下。

又走了大约十公里，有一条修得很好的路，应该是按照高速公路标准修的，据说是政府下了很大力气，路边还有各种高大上的标语，我们看了后觉得挺好笑的，但车速一下提上去了。乔锐的车开上来了，这名女汉子名不虚传，立冬开到时速80迈死活都超不过去，两个人各种较劲，最后立冬无奈放弃，鸭子死了嘴还是硬的，他恶狠狠抛下一句话，好男不和女斗，随她去吧！余爽和慧儿不屑一顾、幸灾乐祸的表情瞬间把我俩逗乐了！

到达漠河北极村时，大家显得异常兴奋。在刻有"北极村"字样的大石头前留影时，我略显得有点兴奋，索性把上衣脱了，光着上身留影。余爽主动提出和我合影时，我居然有点不好意思，这好像是我俩第一次合影。当我看到自己裸露上身的照片时，连连摇头，"青

小白北极村露脸 图

春啊青春，我的腹肌在哪里？"胖成这样，让我情以何堪。胳膊被阳光亲吻得惨不忍睹，和雪白的肚腹完全是两种颜色，心疼的我呀！眼泪都快出来了。那些爱我的人啊，看到此情此景，是不是该出来安慰一下我受伤的心灵！

终于到了演出广场，一河之隔就是俄罗斯，房车依次停放，吸引了许多游客观赏，想到明晚就要迎来历史性的一次重要演出，心情大好，一帮人争相合影留念，微博微信各种发布，接受诸位亲朋好友的祝福。

当天是乐队鼓手强子的生日，大家决定晚上小聚一下，为其庆生。我骑着单车找了一圈饭馆，妈的，贵得要死，一盘素炒土豆丝就要38元，若点十来个菜，至少也得花个千儿八百，这比帝都的消费水平都贵了数倍。转了一圈，遇到钟哥，他提供了一个价格相对合理的饭馆，我去踩了点，觉得还不错。整个团队终于齐聚此地。说起来真的不好意思，没有订到蛋糕。其实昨天我就嘱咐余爽她们去订蛋糕，不知为何没有完成任务，这委实做得有些欠妥。曹可把打火机点燃，权充蜡烛使用，虽然简陋了些，却也另有一番风味。我又特地嘱咐厨师给做了长寿面，放了两个鸡蛋，够贴心吧！

强子的这个生日过得挺有意义的，大家在一起洋溢着欢声笑语，让强子倍受感动，眼泪都流下来了。这么多天大家聚在一起朝夕相处，感情越来越好，有亲如家人的感觉。况且，强子这孩子人缘极好，大人小孩都爱他，这一点比我强。

这次歌伦贝尔房车音乐之旅能够进军漠河，沅龙哥确实功不可没。吃饭的时候，他带边防武警郝哥过来和大家一起喝了一次酒，能看出来郝哥是一个性情中人，我没有说什么，但心里还是感谢这两位大哥的。因为这场演出如果能够成功的话，其意义自然不言而喻。

晚上郝哥带了许多啤酒和烤串犒劳大家，钟哥的超级 k 歌坊又发挥了威力，在歌声中大家度过了一个愉快的夜晚，希望明天的演出会顺风顺水。我看着他们开心的样子，心潮澎湃，最近发生的事情比较多，我站在河边，望着对岸，浮想联翩。

北京

天津

唐山

北戴河

哈尔滨

沈阳

长春

俄罗斯

漠河

塔河
2014.7.28

加格达奇
2014.7.27

呼伦贝尔大草原
2014.7.26

根河
2014.7.25

阿尔山
2014.7.23-7.24

突泉
2014.7.21-7.22

赤峰
2014.7.20

金山岭长城
2014.7.19

北京市区
2014.7.18

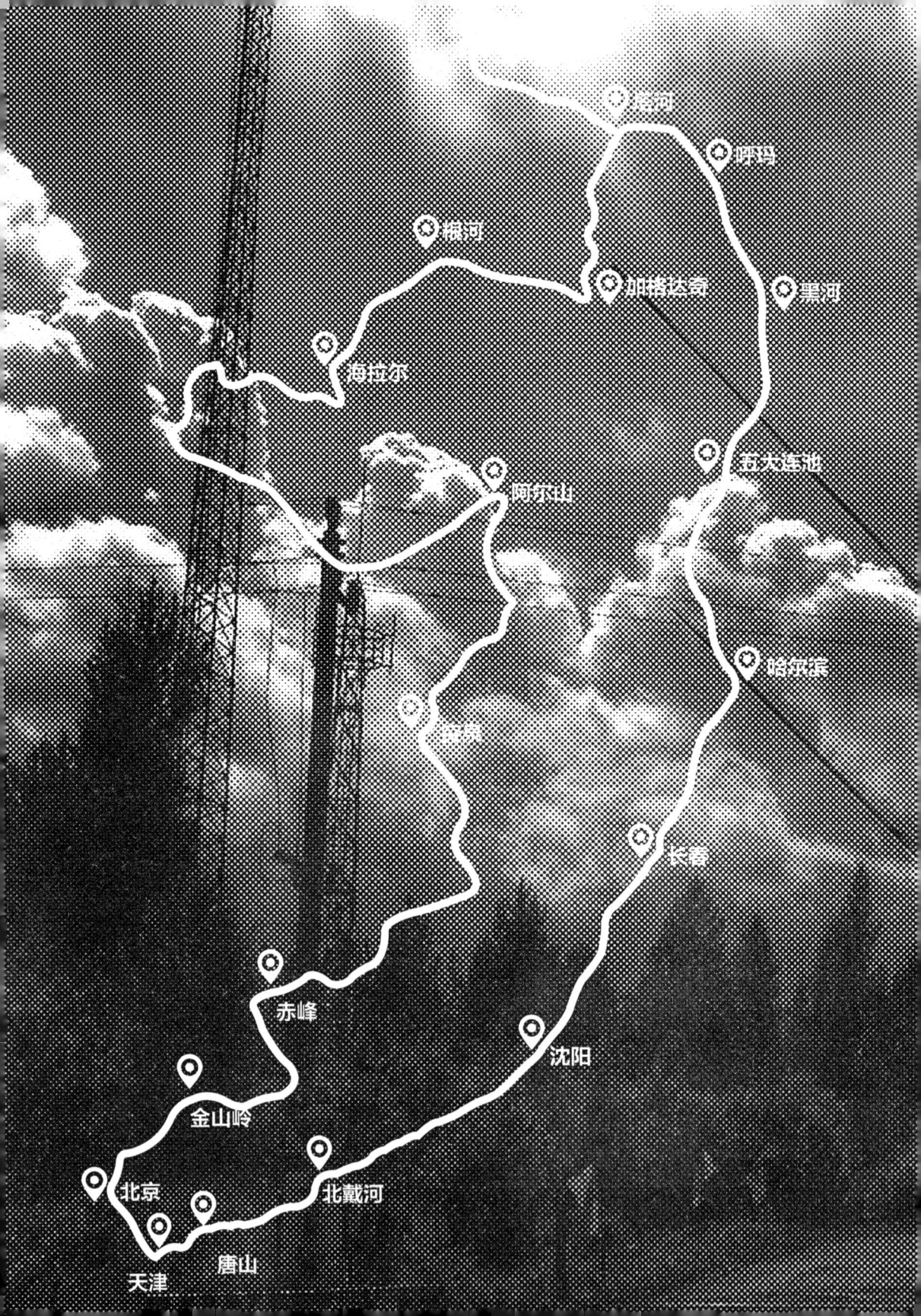

找不到北

由于是旅游的旺季，北极村的宾馆甚至是很偏僻的农家院，都已人满为患，虽然我们找了三个房间，但都特别偏僻，还是解决了女孩子们洗澡的问题。我安排大家分别在房车住下后，已经接近凌晨，天空繁星点点，像是等了我许久，要和我一诉衷肠。这么好的风景，在广场边上搭个帐篷过一宿该是多么有意义的事情！其实我这人挺笨的，虽然经常去外面玩耍，但很少在帐篷里住宿，就连搭帐篷这样简单的事情我也搞不定。当我决定在广场岸边搭帐篷的时候，余爽、岳旎等公司小姑娘在钟哥的指导下三下五除二搞定，弄得我很是汗颜。

漠河北极村的夜晚很特别，小风徐徐，隐约间能够听到江水声，我躺在床上仔细回想这天的种种经历，它如同一部大片一样在我的脑海里不断回放，很想游到对岸江去领略一下俄罗斯风情。此刻那些俄罗斯大兵是否正在和心爱的人在一起喝着大酒、吃着火锅唱着歌来着，当然，他们可能不吃这个，那应该是面包、土豆、伏特加、还有美丽的喀秋莎。想起一首诗来，挺有意思，至少表达了我此刻的心情：我住长江头，君住长江尾，日日思君不见君，共饮长江水。只愿君心似我心，定不负相思意……

其实，白天我已经粗略观察了一下周围的环境，还是觉得我们中国人最聪明，北极村沿岸一路声色犬马，游船、垂钓，游人如织，摩肩接踵，就像清明上河图中描述的那样热闹。再看俄罗斯对岸，虽然风景秀丽、丛林郁郁葱葱，但未免显得太恬静，静悄悄连一个人影也看不到，只能隐约看到峭壁上俄军的一个孤零零的哨所，寂

彭均模麋鹿 图

寞地矗立在那里。难道他们不懂经营？还嫌钱多咬手不成？

晚上可能是帐篷没有扎好的原因，飞进来许多虫子，我使出全身解数，毙敌数十名，终于在瞌睡虫的勾引下，体力不支安然睡去。深夜察觉到有人在大声说话，我烦得要死，整理了一下被子就又睡过去了。

早晨醒来后，上了一个洗手间，比东北农家院挖个坑当厕所的好不了多少。这样一个文明世界的旅游胜地，每年接待了无数游客，在街上却找不到一个像样的厕所，实在让人匪夷所思。看了一下表已经 8:30 了，这个时间北京的大街上早就车来人往了，可是这里的广场上居然一个人没有，太奇怪了，我又视察了一下同伴们，发现他们还在蒙头大睡，我也就没多想，也回去睡了个回笼觉。这一天就过得浑浑噩噩的，晚上要睡觉的时候，我不小心看了一下手机，吓得差点把手机扔了，尼玛居然 2 点半了，问了一下大家，所用人都用奇怪的眼光看着我，他们很无辜地说：还不到12点啊。我这才知道，我的手机不知怎么变成了俄罗斯时间，比北京时间快了2个多小时，太诡异了！

当天中午我骑着单车逛了一下北极村，为午餐踩个点，接连逛了十几家农家院，菜都贵得要死，快赶上三亚宰客的价格了，很难找到三十元以下的菜。最后走进一个大院落，满园子种了各种青菜，还有一小块西瓜地，现在都有足球大小了，过一段时间就瓜熟蒂落、搬上餐桌了。两位来自黑龙江的店主夫妇给我留下了极为深刻的印象，人特别朴实，不太像生意人，最重要的是所有的食材都是绿色纯天然，这一点让我很满意，菜均价大都在15元左右，一大碗朝鲜冷面才售8元钱，让我惊喜不已，跟发现新大陆似的。这里才是山间独有的风味，全无景区的世俗感和铜臭味。当我带着所有工作人员涌进这家饭馆时，大家都一脸兴奋，各种拍照，还有个别调皮的，去地里挖土豆、摘西红柿、揪黄瓜，好像有了回家的感觉。我们在这里享用了一顿最丰盛的午餐，22人总花费260元，含各种饮料，想想昨天晚上那800多元，吃得还不咋地，我都心疼。大家一致同意晚餐也在这里解决，于是交了定金，店主夫妇为我们安排了晚上的食谱。我诚邀他们去观看我们的演出，女老板说："我们还从来没有一起去看过演唱会呢！"那一刻他们居然露出羞涩的神情。

下午，和钟哥拉着皮划艇下了江，河水不算太凉，但水流湍急，我心里有些害怕，但看着钟哥那一堆"专业设备"：防水对讲机、防水手电、救生衣、防水眼镜等等，我不由赞叹：这才是资深玩家。于是我下定了决心，拼一下。在河边摆几个姿势放几张自恋照片，让关注我的朋友们羡慕一下也是很有意义的，再者，在中俄边境黑龙江里游个泳，以后也多几个谈资，日后也好向别人炫耀一下，看来虚荣心的作用不次于那些专业设备。其实，我小时候在洛河边长大，游泳技术还算可以，但在这么大的江里游泳还是第一次。穿上救生衣在钟哥的耐心指导下，小心翼翼地上了皮划艇，向俄罗斯对岸划去，口中喊着：喀秋莎，你们在哪里？帅哥哥来了！

　　说是划向对岸，吓死我也不敢去，据说对面的俄军都拿着枪对着国界，只要越界，不问青红皂白，直接击毙，像我这么鸡贼的人怎么会不知道这个道理。我们划到江心中俄分界线处就向下游飘过

强子过生日 图

北京

天津

唐山

北戴河

哈尔滨

沈阳

长春

俄罗斯

漠河
2014.7.29 - 7.30

塔河
2014.7.28

加格达奇
2014.7.27

呼伦贝尔大草原
2014.7.26

根河
2014.7.25

阿尔山
2014.7.23 - 7.24

突泉
2014.7.21 - 7.22

赤峰
2014.7.20

金山岭长城
2014.7.19

北京市区
2014.7.18

去了，不过去也不行，水流太急了，船桨根本起不了作用。而且，还有暗流，相当凶险。大约漂流了 300 米，终于靠岸，皮划艇很重，靠我们俩根本无法拖上岸，我只好走向岸边，去向边防站官军请求帮助，两位年轻的战士二话没说，就借给了我们一个缆绳，让我们很是感动。战士们 24 小时不能离开战舰，近在咫尺的演出都无法观看，好遗憾，为了表示感谢，我送了本书，也好丰富一下他们的业余生活。恰好公司唐庆来接我们，只好让她坐上皮划艇，我拉着缆绳，唱了一首《纤夫的爱》，"妹妹你坐船头，哥哥在岸上走"。只不过我不忍回头，唐庆这姑娘皮

小火车站 图

肤有点黑，乍一看以为是越南偷渡过来的新娘，当然我可不敢当面说，小声跟钟哥说了，钟哥捂着嘴直乐：你小子太坏了！

我们费了九牛二虎之力终于到了上游出发的地方，上岸后喘息了一下，跳进江里简单游了一会儿，沿途看到一个村民在河里用渔网捕鱼，游过去看看他收获了多少鱼，都是指头长短的小鱼。和大哥聊了几句，抓了几条小鱼拿在手里玩，趁大哥不注意，偷偷放进了水里，也算做点好事吧！

上岸后，我们简单做了一点调整，摄影师颖哲兴致大发，扔下手里的相机，抱个泡沫板就跳了一下，

我们还没有回过神儿，这哥们儿眼镜就掉在了水里，当时就蒙圈了，"嘴上没毛，办事不牢"。现在的年轻人呀！净给我惹事！我和钟哥面面相觑，只好轮番潜水替他找寻眼镜。水况不是很好，有些浑浊，还有淤泥，稍微一碰水就更浑了，拿了个潜水电筒也不起作用，郁闷死我俩了。由于只有一个游泳眼镜，我们只能轮番下水找寻眼镜，可是 20 分钟过后依然没有任何收获，当我再次下水时忘了将眼镜浸水，一个猛子扎向水底，水的冲力很大，裤头一下子被冲掉了，也顾不上岸上还有几位女同胞，赶紧将裤头穿上，手忙脚乱之时，一不小心潜水眼镜也跌落到了水里，偷鸡不成蚀把米，我成了大家讥笑的对象。呜呜……我都快哭了！

为了重新树立在大家心中的美好形象，我抖擞精神，再次下水。由于潜水眼镜有颜色，我潜到水底后看到一个蓝色的东西，心中一动，手中高举潜水眼镜就跃出水面。掌声雷动！我这人就经不起别人夸，越战越勇，往返多次，终于看到黑色眼镜腿朝天躺在水底，一个海底捞月，举着眼镜一副舍我其谁、大义凛然的样子，兴奋地冲上了岸。所有人都冲过来慰问我。力挽狂澜的感觉真好，"关键先生"都是在足球场上

接受顶礼膜拜的，此时，我也仿佛成了"关键先生"！颖哲发了微信圈，我手机没电了，没注意，当我看到微信圈亲朋的赞叹时，我瞬间有点骄傲了！

有一点我必须说明，当我们车队进入北极村广场时，我的心就一直悬在嗓子眼，我真害怕这事出现变故，这场演出对于歌伦贝尔房车音乐之旅具有里程碑式的意义。当晚，杜侑澎、坤鹏、彭钧和青蛙乐队，都以较好的演出状态，为这次演出画上了一个圆满的句号，这时，我的那颗心才放在了肚子里。我不知道今晚这样美妙的歌声是否能传到对岸，使在同一片夜空之下的俄罗斯兄弟们也享有同样的快乐。

演出空隙，我四处逛了一下，看到一个酷爱音乐的残障人士，丛宇，今年 24 岁，在妈妈的陪同下，坐在轮椅上的丛宇早早便赶到了演出现场，认认真真听完了整场演出。我深受感动，送了一本书给他，他虚弱地但十分开心地说，这份礼物很珍贵，谢谢你，我会认真阅读。感动的我呀！眼泪差点掉下来。

演出结束后，已经接近凌晨，英子姐替我和音响师尼玛做了点鸡蛋面，此刻，才发觉自己饿坏了，原来自己也是个凡人，不是铁人，"喝酒也晕，挨打也疼。"沅龙哥开车去哈尔滨，给留了一间农家院的房间，我让立冬和小赵先去洗澡，等我们忙完，再去找他们。没想到的是，无论使用导航仪还是打电话，总之使用了各种办法，我和坤鹏、尼玛三人 40 分钟居然没有找到那个农家院，到处都是黑漆漆一片，你倒是有个路灯也好呀！你这里炒土豆丝都卖到 30 多元一份了，还差这点钱！在我们农村也有路灯呀！我们都崩溃了！给立东打了一个电话，他说他也找了 40 分钟左右。哎，无奈只好回到北极村广场，和小赵、尼玛三个人挤在一起安然睡去。那一刻，真的没找到北，真的迷失了方向。

这次行程中有俄罗斯一站。早上，兵分两路，曹可、杜侑澎、青蛙乐队一行人向黑河、俄罗斯方向挺进；我则和立冬、舞台车一行六人向齐齐哈尔方向进发。关于黑河、俄罗斯沿途的趣事，后文将由导游杜侑澎同学为大家做精彩讲述。

出发前，我带着余爽、岳旎一帮姑娘，去靠近北极村广场的一个五星级酒店里洗漱，酒店很豪华，可惜我们住不起，只能来蹭一下，厕所中间有洗手的地方，有热水，很方便。第一次带她们来这里时，我好像隐约间看到她们眼里的泪花。这几天清晨我们都在这里洗漱，有热水还可以洗头，蛮舒服的。我对这个酒店印象不错，充满了好感，特此鸣谢！

看了一下手机，三个未接来电，一看是昨晚买我书的上海姑娘宁宁打来的，又看了一下微信，意思是她想回哈尔滨妈妈家，问我能否带上她。她是沅龙哥的朋友，况且我这人心又软，我一想当然要带了，有个美女路上唠唠嗑，还可以给极度枯燥的旅途添点彩，路上白捡一美女，这岂不是赚大发了！宁宁和我的好朋友豆包很像，都是文艺青年那种，和驴友颇为相似，这种姑娘尤其可嘉，我都很钦佩。换做是我，我也未必会有这么大的决心，长年在外行走。

一路上宁宁还是很招大家喜欢的，整个旅程充满了欢声笑语。

　　天气一般，我们在途中遇到了难题，直通齐齐哈尔的路正在维修中，禁止通行，连旅游大巴都停止运营了，在询问了当地司机后无奈只能绕路塔河，再向齐齐哈尔进发。我们在 12 点 30 分左右才赶到加格达奇，在一家快餐店吃了点午餐，你别说，还挺丰盛。

　　曹可的车太差了，连 CD 机都没有，这会儿我想念自己的良驹了，每次出行都可以带上一箱最爱听的 CD 唱片，一路高歌——音乐才是爷真正的精神食粮。尼玛不愧是优秀的音响师，各种试听装备齐上阵，忙活了一通之后，金属、AC/DC 等一些音乐才让我们的旅途有了些美国公路"在路上"的味道。期间，宁宁拿着 IPAD 也跟着哼唱着莫文蔚的情歌，唱得还行，至少，立东喜欢，他看到漂亮姑娘唱歌就心花怒放，高速长途行车，司机才是主宰，哈哈！

　　车子继续在林间穿行，一只花栗鼠站在马路中间向我们示威，我们小心翼翼地开了过去，它惊慌地飞奔进了丛林。这点应该学学国外，车停下来，让其闲庭信步经过之后，我们再启动。不过，这种情况并不是经常能够看到。

一直开到晚上 18 点 20 分，才到了塔河，本来不想麻烦慧儿，在这住一晚第二天直接出发，结果宾馆里全部满房，手机一直没有信号，无法联络上慧儿。等了 20 分钟后，刘涛、余爽的车才赶来与我们会合。慧儿不知道我们会再度返回这里，只给刘涛及家人定了一间房。我让余爽和宁宁去房间洗澡去了，和立东一行人在大堂坐着神聊，在无聊中等待着慧儿她们。

一个小时之后，和慧儿汇合，刘涛非常仗义地将房间给了我们，弄得我特别不好意思，我知道刘涛他们和我们一样累，也希望能借这间房调整一下，遇到我这个自私的家伙，还推说自己晚上要写作，只好妥协，这事儿我办得不好，主要是没想到能再度返回塔河，如果早说，慧儿也给我们安排了，计划有误呀！

晚上慧儿带我们吃了当地最好的一家砂锅店，味道确实不错，一端上来大家兴致就来了，酱油炒豆腐、牛腩干豆角锅、干菜锅、猪肉酸菜粉条锅，还有泡饼，大家以前见都没见过。立东说这是他加入团队这么长时间吃的最好吃的一顿饭，我们都嗤之以鼻，连连向他发难，不断开他的玩笑，宁宁大大方方的性格让我们很是欣喜，酒量也不错，和小赵他们喝了不少啤酒，而我已经戒酒很长时间了，所以没有陪他们喝，但我喝了当地的一种饮料，名字特别好听，叫"蓝颜知己"。

　　饭后,天空突然下起了雨,我们奔跑着上了出租车。回到宾馆,他们在大堂里玩了会扑克,我则回房间写东西。晚上,余爽、宁宁和我睡在一个房间,大家可别想歪了哦,我睡的是地铺!我工作结束的时候,她们已经进入梦乡,此刻我纵然有非分之想,但喝了"蓝颜知己",哪好意思向知己下手!由于困得不行,所以倒地便睡。第二天,余爽说:"我真服了你,那呼噜声山响,我扔了个枕头砸你的头,你竟然翻了个身又睡着了,呼噜声又响彻房间,气得我哟!"

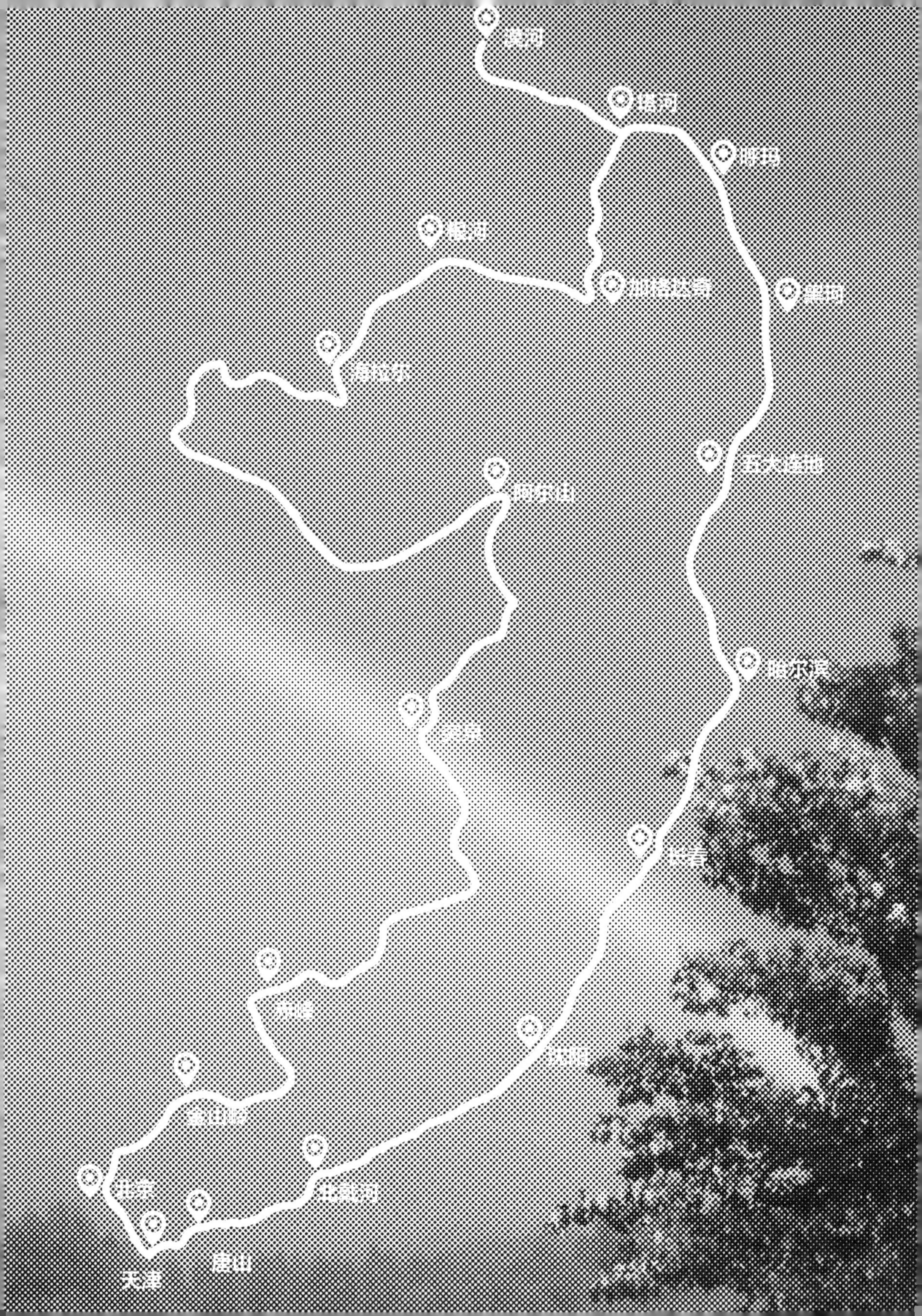
漠河
塔河
呼玛
根河
加格达奇
黑河
海拉尔
五大连池
阿尔山
哈尔滨
长春
金山岭
北京
北戴河
天津
唐山

彩虹

昨夜下了一夜雨，清晨，微凉，雨过天晴，阳光明媚，真是一个好天气，适宜出行。刘涛他们起了个大早，美美地吃了一顿当地的特色"杀猪菜"，之后就启程去了呼玛。我们则要赶往齐齐哈尔。加格达奇是塔河去齐齐哈尔的必经之路，同时，从漠河到塔河，也必须经过此地。塔河到加格达奇 271 公里，路况不错，所以，我们不用担心，早上 8 点钟吃了点简餐之后，就出发了。宁宁、尼玛和我们一组，余爽、小赵、李师傅一组，一前一后驶入市区。

彩虹图

　　宁宁和我们聊天时，不小心吐露出自己父母都是公安局高层，可以随时监控到我们的信息，在她上我们车的时候就已经把我们车牌拍照发给父母。这可出乎了我们的意料，这么有心机的丫头，我头上汗都下来了，妈呀！这要是昨晚上有非分之想的话，死得老惨了！吓得我小心肝扑通扑通地跳，她看着我笑着说："哥，你不会心虚了吧！做任何事情要勇往直前哦！"我强压心中的慌乱，但底气明显不足："我怕什么？

哥们儿什么风浪没见过。"惹得尼玛和立冬哄堂大笑。

　　快到加格达奇时，立冬突然说：我们的油即将用尽。这可把我们吓坏了。曹可的车油表盘坏了，根本无法知道油箱储量，只能凭着感觉加油。手机也没有信号，搜索不到加油站，这是要抛锚的节奏，前不着村、后不着店，让我一下子慌了神。大家一起双手合十，默默祝福尽快找到加油站，我爱中国石油、石化，"你快出来，我一辆车承受不来，你快出现，世界因你而精彩"。在漫长的忐忑不安的祈祷中，我们到达了加格达奇，眼睛都不够使的了，急忙寻找加油站，当前方一个加油站出现在我们视野中时，我们激动得无以言表，四人互相击掌，庆祝胜利，这都是命呀！好运挡都挡不住！

　　本来我想在加格达奇吃点午饭，但看了好几个饭馆，都提不起食欲。立冬是个急性子，另外他觉得不好停车，前面开开看。可是我们上了G111公路后，一路连个饭馆都没看到，几个休息区也都铁将军把门。我们又渴又饿，下午16点钟还没吃上午饭，最重要的是没烟没水，对于爱抽烟的立冬而言，这可要了命。

　　在距离高速入口还有两公里的路口处，看到几个村民在卖水果，我急忙跑过去询问附近哪里有餐馆，卖瓜大爷说村子里有餐馆，但房车体积庞大，进村很不方便，还担心路况不好，若是陷进去，那可就得不偿失了。无奈之下，我只得买了几个甜瓜，还有一西瓜，姑且用来果腹。他们的瓜果一看就是自己种的，卖相不是很好看，但由于我在农村待过的缘故，所以凭经验判断，这瓜一定特甜、特好吃。买了瓜果之后，我又问卖瓜大爷是否有烟，他说自己不抽烟，让我一度无语。还好，旁边还有一个开车的哥们儿和老婆也在卖瓜，我恬不知耻地向人家蹭烟，哥们儿挺仗义，二话没说就给了5支"娇子"香烟。当我把瓜果放在车里时，立冬连眼皮都没抬，可当我拿着烟在他眼前晃了晃，他眼睛都绿了，说："哥呀，你这可真给力，这才是我的粮食！"我们三个人都乐了。

　　在高速路口遇到了麻烦，因为齐齐哈尔的收费员没怎么见过房车，不知道收费标准，一直在请示领导。我们趁这个间隙，狼吞虎咽大口吃甜瓜、西瓜，吃相这会儿好像不重要了吧。不出我所料，瓜果一直甜到心窝里。大约过了十几分钟，领导批示下来，方才放

北京

天津

唐山

北戴河

哈尔滨

沈阳

长春

俄罗斯
2014.7.31 - 8.2

漠河
2014.7.29 - 7.30

塔河
2014.7.28

加格达奇
2014.7.27

呼伦贝尔大草原
2014.7.26

根河
2014.7.25

阿尔山
2014.7.23 - 7.24

突泉
2014.7.21 - 7.22

赤峰
2014.7.20

金山岭长城
2014.7.19

北京市区
2014.7.18

行。其实，对于房车，北京、上海等许多城市都已公布了收费标准，但对于一些小县城或者三线城市而言，禁止通过，你还真拿他们没脾气。如果这会儿他不让我通行，我就跟丫死磕，反正我有西瓜充饥，谁怕谁！

开了 20 分钟后，暴雨劈头盖脸地向我们打过来，车窗玻璃模糊一片，我们看不清前方的路，也不敢超车，只能慢吞吞向前驶去。雨来得急，去得也快，不一会儿重新迎来了骄阳，阳光洒在大豆和高粱叶子上，分外耀眼，就像颗颗亮晶晶的珍珠散落大地，让这片美丽的土地更加充满生机。

行走在晴与雨的交界，左肩落雨滴，右肩洒阳光。一道彩虹隐隐出现，映在刚刚下过一场透雨的蓝天上，显得那么干净，那么美丽。毛爷爷写得好："赤橙黄绿青蓝紫，谁持彩练当空舞？"宁宁高兴疯了，像一个孩子一样拿着手机一通狂拍，我们大家都很兴奋，

"不经历风雨怎么见彩虹，没有人能随随便便成功"。我们一起唱着周华健的《真心英雄》一路高歌向着骄阳飞驰而去。我早已不知道上一次看到彩虹是什么时候，我只知道这次或许它会给我们的行程带来好运，祈福吧！我的老天。

快到齐齐哈尔的时候，余爽给我们打了个电话，说舞台车坏了，好像是电瓶线烧了，正在找人修理。这时我们距离舞台车足有一百公里，纵然我们回去，也无计可施，只能期盼他们顺利克服困难，找人尽快修好车辆。不过他们今晚是无法赶到齐齐哈尔了，只好找个地方住下来，这样也好，赶了一天的路，李师傅也困了，安全一定得放在第一位，疲劳驾驶是长途行路的大忌。只有明天汇合了。

我们到达齐齐哈尔，路秋哥的妻子亚东在路口迎接我们。我和路秋哥不熟，他是立冬的朋友，也跟着艾威国际房车参加过他们的西藏之旅，两人曾在三亚建立深厚友谊。这地方离市区开车约 10 分钟，是路哥早年间买地自建的房子，算是一个别墅。院里养着两条特别可爱的狗，一只是昆明犬，一只是阿富汗猎犬，属于名贵纯种狗，两个 MM 至今在国内找不到伴侣，愁死路哥了！在这里顺便做个广告，如果哪位朋友家里面有帅锅狗狗，我愿意牵线搭桥！我刚进门两只狗就向我扑来，吓得我直躲，路秋哥说：没事，这狗挺乖的，不咬人。我这才用手轻轻抚摸它们的头，过了一会儿它们才乖乖跑开。路哥一进屋，两只狗就一左一右坐在门口，很好玩，真是负责的好管家呀！

我们到了路秋哥家后，宁宁妈妈打来电话，说已经为她订好了齐齐哈尔到哈尔滨的火车票，期盼她早日回家相聚。亚东嫂子和我一起将她送到了火车站，离开车还有 15 分钟，宁宁慌里慌张在自动售票处打完票和我们挥手告别，眼里居然还闪着泪花，有些依依不舍，短短两天的相处让大家建立了深厚的友谊，但愿有缘再见，还能忆起这段尘封的往事。

路哥家院子里有一个鱼塘，是路哥以前挖的，水深约 2.5 米，前几年路哥抓了几条锦鲤，出差时无法喂养就扔到了水池里，任其自力更生，没想到几年过去了，里面居然成长了两万多条鱼，好几代生活在一起。路哥也不卖，朋友来了就送几条。我们围着鱼池看着成群结队的鱼有节奏地游来游去，连连称奇。

最为传奇的是，去年春节，路哥和嫂子在三亚玩，出海时遇到一只受伤漂浮在海边的"玳瑁"，足有一百斤重，四个人合力才将他弄上岸。玳瑁属于龟类一种，是唯一能消化玻璃的海龟。玳瑁的角质板可制成眼镜框或装饰品，甲片可入药。分布在广大的海域中。但过度的捕捞使玳瑁已经成为濒危物种，在中国近海也几乎绝迹。路哥他们刚到岸边，闻讯而来的渔民看到后都连连咋舌，有人开出13万元的价格要购买它。人越围越多，连放生都已经是一件无法完成的事情，无奈只好报警，海洋局有关人士到现场后，才将"玳瑁"

救走。两周以后，海洋局通知路哥一起开船到深海区域放生。此故事一度被房车界传为美谈，我闻听此事大为钦佩，对其夫妇刮目相看。

晚上，路哥安排我们吃了一顿齐齐哈尔有名的"烤肉"，你还别说，闻名不如见面，的确好吃，连不喝酒的立冬也开了戒，大家聊得不亦乐乎。饭后，路哥带着我们去观摩了他河边的营地，说是营地，其实各种设施还不太健全，正在建设之中，仅有四五辆房车在那里停靠。我们去的时候，已经有一波人在那里烧烤，他们邀请我喝几杯，我们刚刚酒足饭饱，此时已经吃喝不下了，于是谢绝了他们的美意。河边的蚊虫真是厉害，追着我们厮杀，我们待了十分钟，落荒而逃。

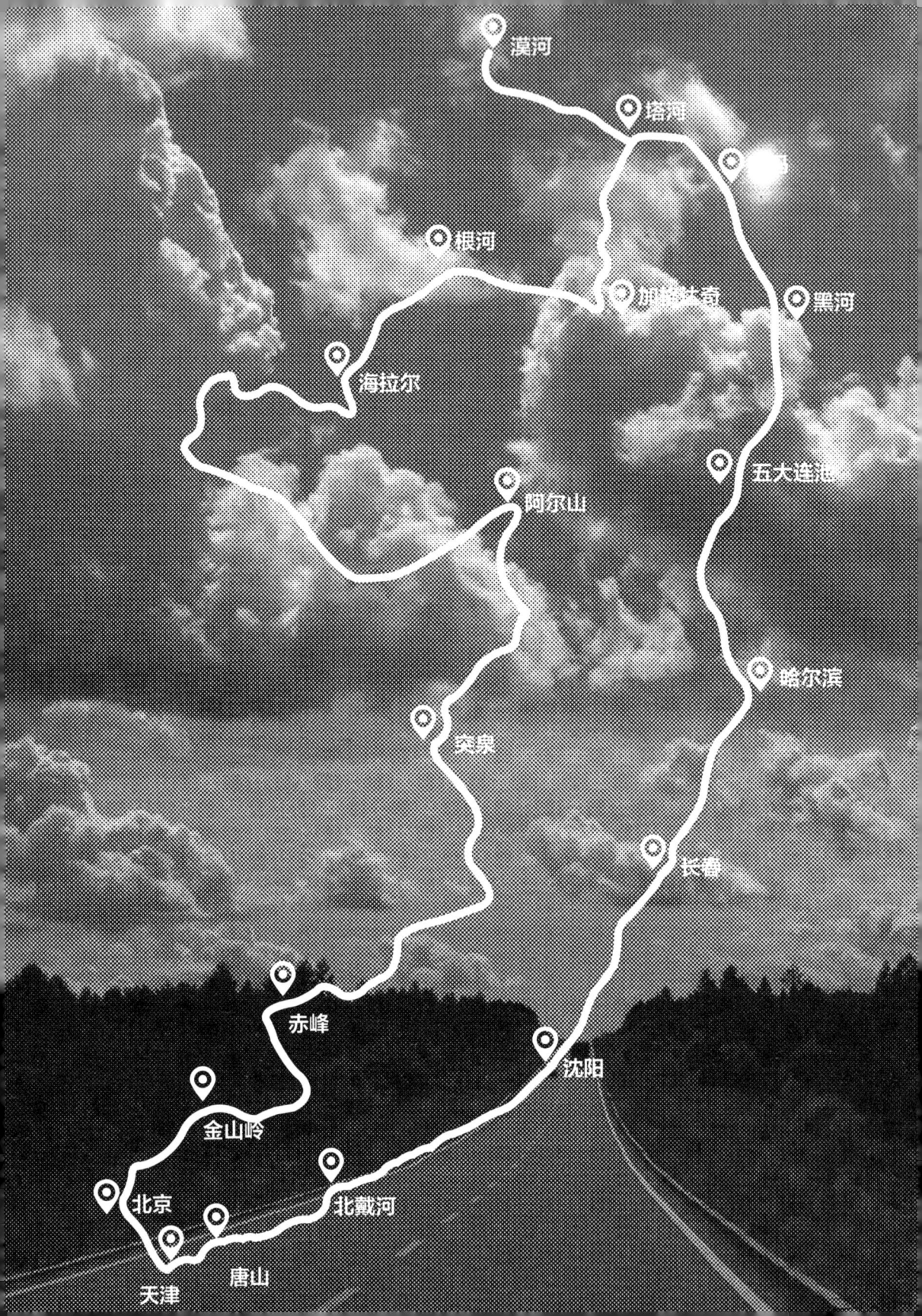

漠河

塔河

根河

加格达奇

黑河

海拉尔

五大连池

阿尔山

哈尔滨

突泉

长春

赤峰

沈阳

金山岭

北京

北戴河

天津

唐山

当我想你的时候

我和曹可一行分开已经有两天了。从微信、微博来看，那边的进程还是比较顺利的。由于周末签证无法办理，他们只能在周五中午之前赶到黑河，虽然路途比较波折，还好大家顺利到达。唯一令人遗憾的是，鼓手强子的户口本有个兵役情况，他小学的时候公安局户籍警由于失误，那一栏填写的是"其他"，现在如果要改的话三个月以后才能生效，让他彻底与俄罗斯无缘，乐队的鼓手无奈只好请杜渡暂代。演出是什么样子我不知道，打折是一定的，还好大家在一起已经磨合了好长时间。另外，键盘手李伯凝也归队了，保证了乐队演出的完整性。希望演出能够如之前一样精彩，祝他们好运吧！

　　曹可他们在俄罗斯交界处玩得不亦乐乎，从各种照片上来看，大家的脸上都透着喜悦，让我们这些没有去俄罗斯的人情何以堪！不过有得必有失，如果我、曹可、杜侑澎三驾马车同时去俄罗斯演出，那么留在国内的其他人岂不是陷入了"人无头不走，鸟无头不飞"的境地！再严重一点，还有可能导致军心涣散。所以我愿意为这次音乐之旅做出牺牲，选择留下来。再者，俄罗斯大妞儿也不是我的菜！哥们儿喜欢的是苏菲·玛索、梅格·瑞恩那样的欧美文艺范儿美女。其实，我最担心的还是俄罗斯的这场演出，由于时间太短，准备得或许不够充分，但只要他们的歌声在俄罗斯上空飘荡，这趟音乐之旅就平添了许多精彩，希望他们能够给我带来正能量。

　　昨晚舞台车坏了两次，搞得余爽他们极为不满，可又无可奈何。李师傅由于担心音响设备，就在车上将就睡了，小赵和余爽两人则去了网吧。其实，我已经嘱咐他们去找合适的旅店了，至少饮食住宿方面能有保障，哎，这帮孩子真

大锅菜 图

替我们省钱。年轻真的是本钱，有足够的精力去刷夜，换做我可能真的做不到。唉，我已经老了啊，远远赶不上这些年轻人的节奏了！想到这里，我暗暗为他们挑了一下大拇指。

中午一点多舞台车才安全抵达齐齐哈尔。余爽一见到我，委屈得想踹我一脚，她这两天可难受坏了，昨晚更是饥寒交迫、无处借宿。我急忙安慰了她和小赵。齐齐哈尔是李师傅的家乡，他把舞台车停在路哥家门口，又从我这里借了点现金，就直接打车回家了。

路哥准备了丰盛的午餐招呼大家：小鸡炖蘑菇，河里打的野生鱼，也算是为他们接风洗尘吧！真的难为他们了，这个破舞台车呀，这几天要好好修理一下了，余下的行程千万别出错。鱼塘旁边的凉亭上，大家团团围坐在八仙桌旁，院子中草木葱茏，池塘里莲叶田田，隔壁的大哥也过来和我们一起觥筹交错。小赵和余爽沐浴更衣之后，舒舒服服地饱餐了一顿。有美景下酒，感觉就是不一样！

午后，小赵和余爽旅途劳顿，所以回房休息。我则和立冬、尼玛、路哥几人一起切磋台球。我水平还不错，在我们村也算是数一数二的，收拾立冬、尼玛这样的简直不费吹灰之力。不过路哥打台球的水准更高，正所谓真人不露相，三下五除二就把我收拾了。这可不是因为路哥招待了我们而让球，完全是我水平有限。

傍晚 17 点左右的时候，大家准备去河边钓鱼。鱼饵就用现成的蚯蚓，但在院子里找了多个地方，才找到几条。我原来想带上铁锹、装鱼的工具啥的，却被立东制止了。他说如果钓得多，他自己跑回来取工具，还说风凉话，诸如"看我们穿鱼线的水平就太业余"之类。鱼塘离路哥家不远，穿过后院走路几分钟就到了。路哥家的后院像个农场，种了许多玉米、蔬菜，西红柿来不及摘，有些都烂在秧上，藤架上还有不少熟过了劲儿的黄瓜什么的。后院还有两只大藏獒，养了十几年了，颇为凶猛，伤了几次人，现在被关在铁笼里，从不放出来。河边草坪上还有一匹马在奔跑，我们挺好奇，结果路哥说那也是他家的，他一喊，马就乖乖地跑过来，跟我们一起玩耍。

鱼塘就在河边，说是鱼塘，其实是许多类似于湿地的水坑，但每个水坑里都有鱼，而且个儿还不小，直往上蹦，我和尼玛下竿后静静等待。期间，余爽拍了许多照片发在微信群，又引来一大波朋友围观点赞。我说，自给自足，今天晚上烤鱼，食材就全在这塘子里了！不知谁爆出几句，"看这俩山炮钓鱼的动作就知道今晚没戏"，"这个鱼塘你承包了"等等戏谑语，我们乐得不行，准备钓上来几条证明自己。

期间还真有不少鱼咬钩，不过都没钓上来。实际上，我去年就买过钓竿，在怀柔、密云等地钓过三次，让人非常郁闷的是，那三次也没有愿者上钩，其中第三次还把鱼竿弄折了。每次都提着空空的鱼篓，当然也有些失落感。唉，我可能确实没有钓鱼的天分。后来跟朋友去郊外玩耍，我都不好意思说我带了鱼竿。不过，钓鱼嘛，不就是要享受这个过程！再者，若钓上太小的鱼苗，岂不是违背可持续发展的思想，就算把它们再放回去，被钓钩划破的鱼嘴也没办法复原了，鱼类界又没有整容手术，对小鱼未来谈恋爱岂不是造成了不可挽回的影响。唉，这样一想，鱼篓里虽空空如也，也没必要哀伤叹息了！

河边蚊子太凶猛，劈头盖脸、遮天蔽日地向我们冲来，我们把一瓶花露水都用光了，也阻挡不住蚊子大军的汹汹来势。我们这不是钓鱼，我们这是来喂蚊子的！待了20分钟之后，就决定鸣金收兵。在家门口拐弯的地方，遇到一个装备齐全的垂钓者，相互聊了几句，才知道他也颗粒无收。听他这么一说，我心理顿时平衡了许多。等他走远，我把心里话说了出来，大家乐得不行。

我们本来计划晚上要去齐齐哈尔吃饭，但回去的时候嫂子已经做好了饭等我们。吃饭间隙，和路哥闲聊了几句，他讲的几个故事挺有意思的。其中一个是这么说的，某天，他们在三亚，一哥们儿和他弟弟开着水上摩托在海上冲刺，开到离海岸线很远的地方。哥哥说："海水真蓝，我下去游一会儿，你等我。"

之后就跳下了水。弟弟没听清楚，开着水上摩托就回到了岸上，路哥问："你哥哥呢？"弟弟说："他说待会自己游回来。"可把路哥吓坏了，发动多个水上摩托四出寻找，终于在一个荒无人烟的小岛上发现了奄奄一息的哥哥，皮肤全被阳光烫伤，十几公里呀，差点没淹死。那哥们儿回到岸上定定了神儿，哇哇大哭，发誓说哥们儿以后再也不下海了，差点被海龙王收了。

还有几个关于路哥的事儿。路哥对附近几个无人岛产生了很大的兴趣，某天，自己开着水上摩托单枪匹马冲上岛屿，想要看看风景，被我解放军官兵端着微冲赶了回来。又过了几天，来了几个新朋友，问路哥哪里鱼多。路哥说，我带你们去。大家准备好装备，开着游艇就登岛了，到达目的地之后，几位哥们儿兴高采烈地冲上了岛屿，又被我解放军官兵端着枪追赶，路哥见势不妙，开着快艇一溜烟儿就跑了。可怜那几位哥们儿直接跳到海里，向深水区游去，一路上大骂路哥不靠谱，上岸之后，身上被珊瑚礁划得伤痕累累——这事玩得有点大。路哥的确是个传奇人物啊！我喜欢跟这样的人聊天。说到这里，我想如果那是钓鱼岛，我们冲上去该是多么牛逼的一件事情呀！

今天是七夕情人节，看到大家在网上各种秀恩爱，我也给家里人打了一个电话，这才知道小郭同学去了夏令营，这小子从洛阳回到北京也不给老子打个电话，害得我整天思念他们。今晚，汪峰在鸟巢开了自己生平最大的一场演唱会，据说会向国际章求婚，不知道是真是假，不过网上各种上头条的呼声我还是觉得挺好玩的。晚上，我特意放了一首汪峰的《当我想你的时候》，送给我们一行的兄弟姐妹们，这一刻，我真想说，我其实，真的很想你们，祝你们今晚能做一个好梦。

明天，我们将要进军哈尔滨，岳旎和唐庆在那儿等我们，明晚请她们吃顿烤肉，算是对她们近一段时间工作的一次犒劳吧。另外，"歌者归来"演唱会恰好于明晚在哈尔滨演出，我给主办方刘嘉良打了个电话，约好在哈尔滨相聚。刘嘉良特地给留了几张票，我邀请路哥、嫂子他们一起去看演唱会，嫂子的侄女特别喜欢看演唱会，也跟着我们一起去。

上次来哈尔滨是2009年春节前夕，我带屌丝男士董成鹏来拍《倔强的萝卜》，东北天贼冷，零下22度，一下飞机就被冻傻了。还记得那天是大鹏的生日，当天拍摄结束后，我们到饭馆里要了四菜一汤，饭店小妹儿看着我们，露出诧异的表情，我起初没明白是怎么回事儿，当一盆杀猪菜摆在我们面前时，我彻底傻了。那个生日过得还算有意义，大鹏后来跟我说，我那天跟他说了要让黄渤陪他一起过生日，可能是喝大了的缘故，第二天没再提起，被他写在那本《在难搞的日子笑出声来》里，好尴尬呀！

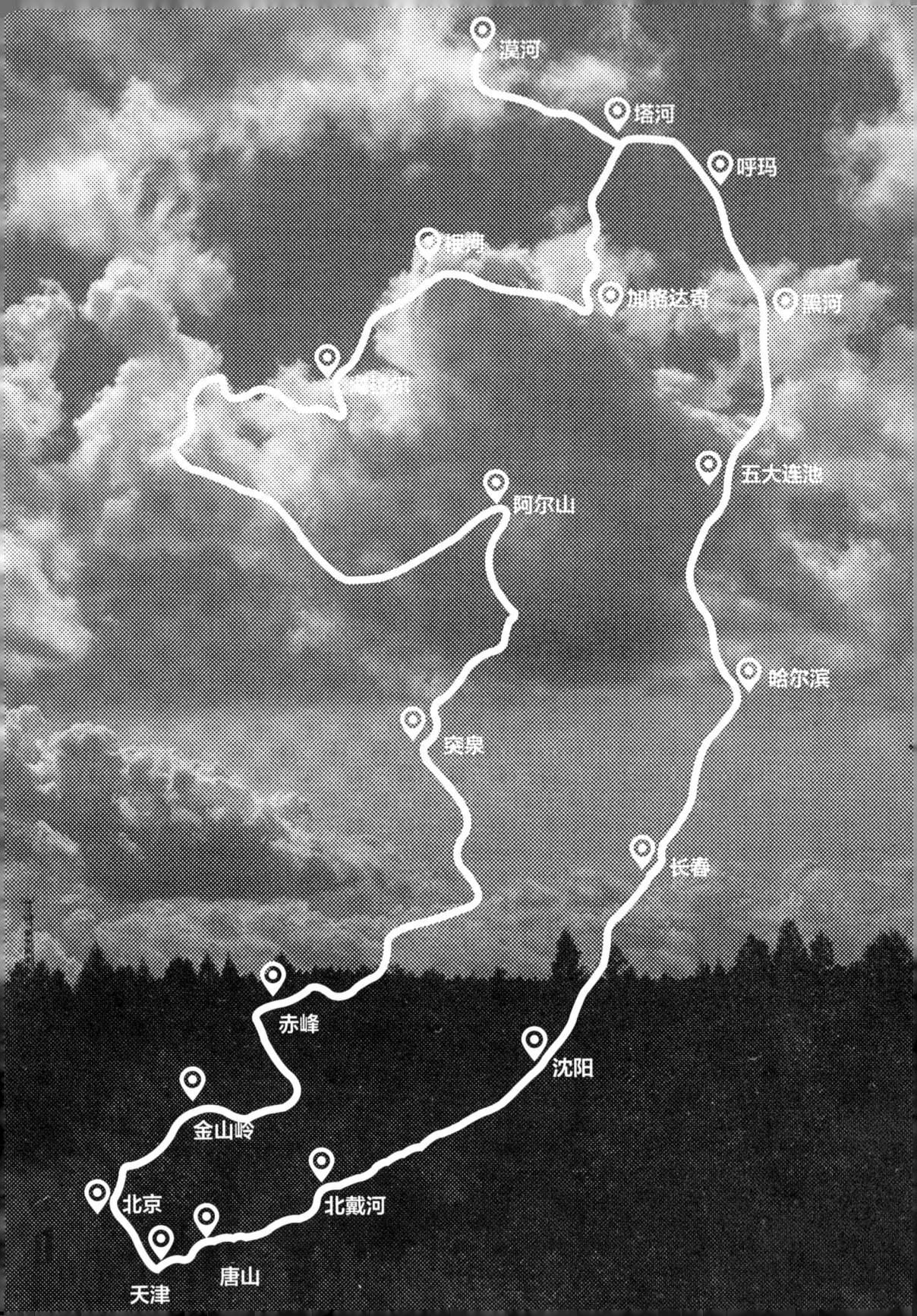

漠河

塔河

呼玛

加格达奇

黑河

五大连池

哈尔滨

阿尔山

突泉

长春

赤峰

沈阳

金山岭

北戴河

北京

唐山

天津

死里逃生

早上起床的时候，发现车打不着火，估计应该是没有油了。立东和嫂子开着车拿着油桶去了加油站。这时，漠河的大庆给我发了微信，歌伦贝尔房车音乐之旅于8月2日18:30分登陆黑龙江卫视《新闻联播》。这个消息发到群里后，大家很是兴奋，至少媒体尤其

北京

天津

唐山

北戴河

哈尔滨

沈阳
2014.8.4

长春
2014.8.3

俄罗斯
2014.7.31 – 8.2

漠河
2014.7.29 –7.30

塔河
2014.7.28

加格达奇
2014.7.27

呼伦贝尔大草原
2014.7.26

根河
2014.7.25

阿尔山
2014.7.23 –7.24

突泉
2014.7.21 –7.22

赤峰
2014.7.20

金山岭长城
2014.7.19

北京市区
2014.7.18

是电视领域开始逐渐重视我们了，感谢各种 TV，感谢那谁八辈儿祖宗！

李师傅打出租车过来把舞台车开到了修理厂，好好检查了一下，希望余下的 1500 公里能够平安到达北京。立冬给车子加上机油后，还是打不着火，路哥不愧是玩车的高手，把家里拖拉机拉了出来，我一看，妈呀，是俺们洛阳一拖生产的东方红，真想抱着亲一口儿。你还别说，拖拉机比人力量大了许多，加上油门一溜烟就打着火了！"东方红，太阳升，中国出了个毛泽东"，大家收拾好行囊向哈尔滨出发。

原谅我的错误，由于嫂子带着姑娘小鹭和我们一起去看歌者归来演唱会，一辆车子坐不下，我们只能把尼玛和小赵塞到了房车里面，其实这是不讲究的做法，因为拖挂房车里严令禁止坐人，就跟开车不让闯红灯似的，可是没办法，只好明知故犯。廖总，请原谅我，我错了！下不为例。一路上充满了欢声笑语，尤其是小姑娘给我们讲了各种追星的故事，逗死我们了！不过还是遇到了麻烦，在进入哈尔滨收费站处，停车检查，我赶紧给尼玛和小赵发信息说：都在里面眯着，别出动静！工作人员叫我们打开房车，我解释说房车不住人，所以没有钥匙。总算蒙混过关了，吓得我的小心肝儿啊，扑通扑通的。

到了体育场之后，在对面将车停好，这地方停车太方便了，要是搁工体，没几十块钱停车费根本停不了车。我带大家去附近餐馆吃了当地有名的柴锅鸡。

那么大的铁锅，将小鸡蘑菇、一些青菜依次放入，再放一个箅子，上面放上面团、贴饼子，盖上铁锅蒸上20分钟，一锅美味就出笼了。我把图片发到微信圈，瞬间看到了几十个赞，我馋死你们，就不给你们打包！大家吃得不亦乐乎，弄得服务员一脸纳闷儿，这帮土老帽是不是北京人呀，咋没见过什么世面啊，啥都不懂啊！

歌者归来这场演出卖给了当地的一个房地产商，今年市场比去年好了一些，但拼牌演出还是不太好做。不过体育场里还是聚集了好几万人，热情高涨，都让我有种回到工人体育场观看的感觉。演出办得跟歌友会似的，这点应该和嘉良他们公司无关。我看过工人体育场的"歌者归来演唱会"，完全高大上，而这场居然没有乐队，更可怕的是黄绮珊开场，苦兮兮的情歌调快跑到北京了吧！我估计是要赶晚班飞机回京的缘故吧！以往她可都压轴。

嫂子侄女买的票是680元的看台票，立冬把内场票给了小女孩，自己上了看台，讲究！体育场的演出还是适合摇滚乐，周晓欧的进步太明显了，小柯哥的编曲没得挑，那首《九个太阳》把我身边的一个姑娘都唱哭了！期间我睡了一会，应该说，我是比较喜欢张宇唱歌的，但他太贫了，可能跟干了几年主持人有很大关系，不过歌还是一如既往的好听。张杰各种玩帅，但依然掩饰不住闰土的本色，我超喜欢他那些可爱的粉丝，我要努力成为他的铁粉。我们带去的那个小鹭激动坏了，一直问我要歌手的签名，我说到北京看看吧，豁出我这张老脸了！

出了体育场的大门儿，遇到四五个超级模特，老漂亮了。我和立冬多看了几眼，被余爽数落个没完，说得好像你们女孩儿看到帅哥眼睛不直似的。立冬把我们送回了营地，便要奔赴火车站，去朋友家。营地很偏僻，打不到车，我们又把他送到六公里之外的大桥下面。他上车之后，我们才离开。我只好充作司机，哥们儿原来是开良驹和大奔的啊，这种越野车根本玩不转，还好有岳旎在旁边指点，小心翼翼满头大汗冒着生命危险，终于将车开回了营地，长长舒了一口气，看到大家那么用劲地为我鼓掌，我有种拿了冠军的欣喜。哎！丢死人了！这传出去让我情何以堪？

我们住的地方说是营地，其实就是一个摩托车越野训练基地，周边荒凉得要死，但还是比较安静的。晚上回来的时候，又饿又渴，我不熟悉路，又不敢开越野车，只得骑着单车出门采购去了。妈呀！骑了 10 公里买了 5 瓶水，还有 2 盒蚊香，期间还迷路了。年纪大了真心骑不动了。我问了路边一辆出租车，区区 9 公里他要我 40 元钱，我买水才花了 10 元钱，怎么算就是不划算，唉，还是把手机拿出来导航吧！发扬一下当年半夜从德胜门骑车到潘家园往返倒卖旧杂志的精神，重温旧梦。骑到冰雪大世界这里又迷路了，必须要在环岛这里穿过一个过桥通道才能达到目的地，思量了一下，规划了路线，终于安全抵达营地。赶紧

哈尔滨接受媒体采访照　图

发水，一人一瓶，发了5瓶之后，突然发现没有买自己的，又不好意思说，而且水太重，我一个人实在不想背那么多，最后在房车里找到半瓶，喝点水洗漱一下睡觉。

由于这里的电线只是普通电线，我们害怕两辆房车都开空调的话会导致电压过高，烧坏电线，发扬一下风格，给3个女孩儿车里开通了空调，我们打开房门睡觉。今天是无法洗澡了，争取明天去找地方冲澡。我现在能够体会到唐庆和岳旋两个人的苦衷了，荒山野岭般冷清的空地上，一辆房车里睡了两个姑娘，这是一件多么不靠谱的事情。所以，她们两人去10公里外开房间我是理解的，她们

歌伦贝尔　八千里路

提出这样的要求可能也鼓了很大的勇气。唉，沉龙哥怎么忍心把两个如花似玉的姑娘抛在荒郊野外，万一有什么事儿，这不是很危险吗？他在家里难道就不担心吗？不管曹可和杜侑澎报不报销房费，反正我给报了，不能让两位姑娘埋怨不是。你们说我做得对吗？

早上起来，我带岳旎一起去买早餐，越野车好几次打不着火。到了市区之后，一辆警车在我后面尾随，我告诫自己千万不能熄火，越紧张越出错，手忙脚乱地将车停到了路边，手心手背全是汗呀！哥们儿不是新手呀！也是开了好几年的车了，只是开不惯手动档而已，以后谁在我面前再说手动挡好开，我跟谁急。在驾校虽然学的是手动挡，好几年过去了，当初学的那点皮毛我早还给驾校了。

买了好吃的水煎包、西瓜、西红柿，还有一箱水，今天下午应该能够支撑过去了。我和老板套了套磁，让岳旎用了他们的洗手间，荒山野岭中是没有洗手间的，男的倒没关系，女孩子还是很尴尬的。那帮去俄罗斯潇洒的人呀，你们就在那里逍遥吧！我们要在这里停留两天等候你们，"你快回来，我一人承受不来，你快回来，世界因你而精彩！"

下午 15 点，我应邀去哈尔滨音乐广播 FM909 做客，与美女 DJ 英子畅聊歌伦贝尔房车音乐之旅和我的新书《那笑容是夏天的》。本来希望曹可和杜侑澎一起做直播，但他们在五大连池通向哈尔滨的路上受阻，没有及时赶到，所以直播变成了我一个人的专访。提起音乐、青春，我和英子就有说不完的话题，谈天说地，一通海侃，我这人就这毛病，碰见红颜知己，就一发而不可收。有人说：这叫爱美之心，人皆有之。我也算个中人。

　　我中国传媒大学的同学璐璐知道我来哈尔滨之后，执意要尽地主之谊。摩托车训练基地有点偏僻，在太阳岛对面，找起来确实费了不少力气，还好如约见面。璐璐比以前漂亮了许多，原来是长发飘飘，剪了短发之后显得更有气质，尤其是配上旗袍，怎么看都很优雅。不能再夸了，再夸她就飘了！

　　在学校时，她总喜欢坐第三排，我则是第六排。由于我们上的是成教，只有周六 14:00 ~ 19：30 这个时间段上课，所以肯定没有像天天在一起上课的同学们关系那么亲密，况且对方是美女，我又装得那么矜持，所以，只是偶尔说说话。虽然期间也有好几次聚会，但你知道我一向低调，最主要的原因还是工作较忙，所以从来都不参加此类聚会，三年过去了，同学们大都不知道我在做什么。见到璐璐，还是格外亲切。她前一段时间爱上一个渣男，被他伤得够呛，她一股脑把两人的爱情经历跟我说得一清二楚。

事情是这样的。某天，璐璐参加某朋友聚会，遇到渣男，两人谈得还算不错，对方又格外殷勤，临走时又送璐璐，所以璐璐对渣男印象还算不错。久而久之，两人关系越来越好，开始做男女恋爱时正常做的事情。两周之后，渣男忽然开始躲避璐璐，对于非常看重面子的璐璐而言，一定是不能容忍的。她找渣男去理论。女的一较劲儿，男的就更躲着不敢见了。璐璐说：我就要他一句话，要么分手，要么做朋友，这句话说出来有这么难吗？我可爱的璐璐呀！从你死缠烂打的那一刻起，你们的爱情就已经结束了！喋喋不休有毛用！一方面我被她对爱情的执着所感动着，一方面我心里暗暗骂那个渣男。如果还有一个方面，那就是璐璐爱得太深了。

　　晚上，我和璐璐、她的朋友小葱一起吃饭，小葱是她多年的好友，和发小差不多，属于芥末男，但却是独身主义者，在瑞典留学，看上去应该很招女孩喜欢，说是独身谁信呀？如果大美女死贴，我就不信他能 Hold（把持）得住，蒙谁呢？我们在一个演艺吧里吃的烧烤。烤吧生意很红火，店里歌手唱着歌，为我们吃饭助兴。唱的最多的是《小苹果》，显得很热闹，

北京

天津

唐山

北戴河

哈尔滨

沈阳
2014.8.4

长春
2014.8.3

俄罗斯
2014.7.31 - 8.2

漠河
2014.7.29 -7.30

塔河
2014.7.28

加格达奇
2014.7.27

呼伦贝尔大草原
2014.7.26

根河
2014.7.25

阿尔山
2014.7.23 -7.24

突泉
2014.7.21 -7.22

赤峰
2014.7.20

金山岭长城
2014.7.19

北京市区
2014.7.18

但我对这种音乐不太感冒。

　　我能够看出璐璐对那个渣男还是念念不忘，路过他单位的时候还小声嘀咕了几句，我和小葱苦笑了一下，之后接了一个美女，我们准备一起去唱歌，给余爽她们打了一个电话，问她们来不来唱歌。这帮孩子叽叽喳喳的，估计是逛疯了，一点没给我面子，哎！现在的年轻人呀，昨天哭着喊着要来唱歌的，真要来唱歌了，反而不去了，出尔反尔，真心受不了你们！

　　路上去买一包烟，进了一个叫"仓买"的小铺，和北京的超市差不多。我看着这个名字郁闷了半天，怎么会起这样一个名字？后来听璐璐说，这是哈尔滨的特色，寓意是他家的货堆积如山，跟仓库一样，货多了价格自然也就便宜了许多。在我印象中别的城市还真没有这么叫的。再者说了，起个类似仓库的名字，就说明货全了么？老话说得好，后海儿不是海。

　　中央大街的路好特别，地上铺着一块一块地砖，俗称"面包砖"，好有历史感。璐璐说，这条街是俄罗斯人修建的，是亚洲最大最长的步行街。王府井的步行街和这条街一比，完全不在了，就这还天天牛逼哄哄到不行，很搞笑呀！这条街有百年历史，每一块砖虽然看上去很小，跟普通的小方砖没什么两样，但厚度足足有1.5米左右，是用锤子砸进去的，错落有致，走在上面就会想起当年走在这条街道上的红男绿女，我想，我喜爱的某个人，某个大明星肯定也会从此路过，我站在街头，看着熙熙攘攘的人群，陷入了无限遐想之中。

街道两边，有许多商铺，建筑风格和俄罗斯极为相近，包括饮食文化也应该受俄罗斯文化影响较大。建筑风格有三四种之多，最早的是文艺复兴式、巴洛克式、新艺术运动这几种，远远能看到圣索菲亚教堂庄严肃穆竖立在那里，让人有种想要进去一探究竟的冲动感。我很想抽个时间慢慢浏览一下这条街道的美景，和朋友坐在街角的咖啡店，喝一杯下午茶，阳光洒在我们身上，那是我那时最想做的事情。但我终究只是想了想，看了几眼后就进去唱歌了！我是一个俗人。

我没怎么唱，璐璐他们玩得不亦乐乎。我查了一下杜侑澎的MV里面居然有《历史》这首歌，吓了我一跳。妈呀！我们没拍过呀！一看里面的MV主角各种不认识，感觉是韩国某个电影剪过来的东西，这应该算是侵权行为吧！我给杜侑澎发了一条微信，他也不知道此事，太逗了。

璐璐歌唱得不错，至少是音色挺好。席间，她用幽幽的眼神望着我说：哥！我还是想他。我那一刻无语了！

晚上，璐璐将我送回到驻地，和我挥手告别。公司的这拨人才磨磨唧唧回来了，还买了许多啤酒，在房车里玩游戏，我加入玩了一小会儿，就带上电脑准备回搬家工房车里睡觉。我抱着电脑准备开门的一瞬间，突然，看到离我约6米处，一团黑呼呼的影子在向我靠近，我抱着电脑撒丫子就跑回了艾威房车里面，仔细定睛一看，妈呀！原来那是只超猛的藏獒，正虎视眈眈地望着我，我脑门儿冷汗都下来了，就像武松在景阳冈被老虎惊出一身冷汗一样，不过我要是喝了酒，可没有醉打藏獒这一出，估计还没酒醒呢就壮烈牺牲了！如果交待了，应该不算烈士吧。我使劲拍着胸脯，惊魂未定，连声说：好险好险，幸亏刚才脑子转得快，如果被它袭击，我的小命铁定玩儿完。

这帮小丫头们也吓得够呛，估计她们也出了一身冷汗。一帮人赶紧给沅龙哥打电话，他听到后也很是震惊，千叮咛万嘱咐让我们千万别出门，等他来解决此事。余爽可能是喝多了的缘故，嚷嚷着要上厕所，我无奈只好拿着椅子，一面和藏獒对峙，一面催促余爽到车后面方便，那副大义凛然的样子拿相机拍下来你就知道多威武了。此处应该有掌声。

龙哥和狗主人终于赶过来了，两人把车灯打开，也不敢贸然靠近，只是拿着大棍子小心翼翼地喊着狗的名字，40分钟后，费了九牛二虎之力才将藏獒捕获，将它再次拴好，吓得我们小心肝扑通扑通地跳，惊魂一夜呀！值守更大爷要了一个打火机，点燃了蚊香，我刚抽了一支烟，小赵和尼玛就已经进入了梦乡，一看表已经凌晨两点多了！

北京

天津

唐山

北戴河

哈尔滨
2014.8.5 - 8.8

沈阳
2014.8.4

长春
2014.8.3

俄罗斯
2014.7.31 - 8.2

漠河
2014.7.29 - 7.30

塔河
2014.7.28

加格达奇
2014.7.27

呼伦贝尔大草原
2014.7.26

根河
2014.7.25

阿尔山
2014.7.23 - 7.24

突泉
2014.7.21 - 7.22

赤峰
2014.7.20

金山岭长城
2014.7.19

北京市区
2014.7.18

雨过天晴

　　演出前，车友来得挺多。现在的年轻人真能玩，我们的演出还没开始，他们已经上台表演了。摩托车和越野车做着各种高难度动作，颇有"横跳江河竖跳海"的气势。其中几个年轻人开着北极星在泥坑里狂奔，泥水飞起来很高，溅得四周都是泥点。车手身上全被

雨水、泥水浸透，但依旧是无所畏惧的表情，淋漓尽致地表现着男子汉气概，让人不由地热血沸腾。摇滚与体育本身就密不可分，今天终于火星撞地球，有的玩了！一帮老年人着实被惊到了，连连摇头，指责这帮年轻人太能玩。唉，青春的年华真是令人羡慕啊！现场的工作人员也站在旁边，看着他们表演，极限运动强烈刺激着他们的神经，使他们大为赞叹。

演出场地状况不是很好，再加上昨夜的一场大雨洗礼，使演出多多少少受到了一些影响。原来计划来观看演出的歌迷，由于天气原因来的不是很多。舞台车在泥泞中开到了李沅龙汽摩协会办公室的水泥地上，但前方有许多杂草阻挡住了歌迷的视线。我挥动镰刀奋力将杂草清除，动作颇为专业，一看就是在农村经常收割农作物。期间，尼玛忍不住上去比划了几下，可能是没有做过农活的原因，锋利的镰刀差点割到手，无奈只好作罢。专业操作，请勿模仿。

原来在杂草丛中停靠的几辆破旧赛车，也被众人齐心协力推到了离舞台30米远不碍事的地方，几个水坑也被众人用带保温的彩钢板铺满，这样歌迷就能够下脚了。再在前面铺上红地毯，完全有种高大上的感觉。各项工作做完之后，视野一下子开阔了许多，一个完整、标准的演出场地就这样完成了。

天公不作美，下午14点左右的时候天空飘起了雨，中间有一会儿雨下得特大，现场每一个人心里都很忐忑，都担心今晚演出是否能够顺利进行。由于雨下得很大，舞台车不得不又收了起来，期间，我给沈阳明浩通了电话，确定了8号在棋盘山的演出行程。此刻，雨还是下得很大，我躺在房车上小憩了一会，小白打开摄影机拍摄了一小段视频，想要采访我的时候，被我婉言谢绝。我心情很不好，有些焦虑，余爽她们说了几个有意思的笑话，我都无动于衷，我一直在担心天气问题，忧心忡忡。

16 点左右的时候，我从床上站起来，到冰箱里拿了一个西红柿吃了起来，之后，拉着唐庆、余爽、坤鹏一起做了一个祷告，我说：云南鲁甸发生了 6.5 级地震，很多兄弟姐妹离开了我们，我们大家都感到很痛心，今天我们要在这里举行一场演唱会，用这场演出纪念他们，希望他们在天之灵能够感受到我们的歌声，也希望在世的兄弟姐妹们能够携起手来共建美好家园，从苦难中走出来，也希望此刻在路上的人们能够尽快回到家里，和亲人团聚，同时，也希望主能够赐我们一点力量，让大雨停一段时间，让我们这场演出能够顺利进行，阿门！

说来实在神奇，祷告之后，20 分钟后刮来一阵大风，雨过天晴，连录制视频的小白也目瞪口呆，说我这个人好神奇，有点邪性！其实我也不知道到底是什么原因，不过心诚则灵，上天估计被我们此行的艰辛和诚意感动了吧。舞台车终于得以展开，大家开始亢奋起来，各司其职为演出开始做准备。沅龙哥将要离开的时候，我喊了他一下，希望他能够再检查一下电源，别在这件小事情上出现问题，小心驶得万年船。最后还是出了点问题，原来380V的电不知什么原因，突然变成了220V。此时离演出开始还有两个多小时，所以人都傻了，沅龙哥使出浑身解数也没能搞定电源。其实这也不怪他，一来他对于电路也不是很精通，二来，他觉得一般的电路支持一场演出，问题不大。不过，这确实是由于不够严谨，没有高度重视这个问题，才造成了现在的局面。无奈，只好使用220V的电源，减少了一些帕灯，虽然影响了一些舞台效果，但大家也没有更好的办法，只能这样了！

在我看来，哈尔滨的演出本应该做得最精彩，因为这是沅龙哥的主场，他在当地也有一定的影响力。但事实上由于各种原因，结果这一站令大家有点心碎，可能是大家的期望值过高，也可能沅龙哥一直做比赛，对于演出没有太多的经验，所以才会造成这样的局面。在生活方面，大家也颇有微词，尤其是岳旋和唐庆在荒山野岭住了两天，衣食、卫生方面也考虑得不够周详，给大家造成了本应该避免的不便。如果下一次我们再来哈尔滨演出，还是希望能够吸取教训，多方考虑，这样才会为大家奉上一场精彩的演出。

北京

天津

唐山

北戴河

哈尔滨
2014.8.5 - 8.8

沈阳
2014.8.4

长春
2014.8.3

俄罗斯
2014.7.31 - 8.2

漠河
2014.7.29 - 7.30

塔河
2014.7.28

加格达奇
2014.7.27

呼伦贝尔大草原
2014.7.26

根河
2014.7.25

阿尔山
2014.7.23 - 7.24

突泉
2014.7.21 - 7.22

赤峰
2014.7.20

金山岭长城
2014.7.19

北京市区
2014.7.18

当然，沅龙哥在这场演出上做了许多值得表扬的工作，他邀请了哈尔滨的许多媒体来参访这场音乐盛事，媒体对我们这种新颖的旅途方式都感到很好奇，问题千奇百怪，惹得观众笑声一片。他们一直认为，在社会商品化如此严重的今天，还有一拨人为了音乐理想而进行这次长征，这种壮举着实令他们震撼，部分媒体人还买了不少书和唱片，用实际行动表示了自己对这次活动的支持。

其实，我很希望宁宁能和妈妈一起来观看这场演出，但很遗憾由

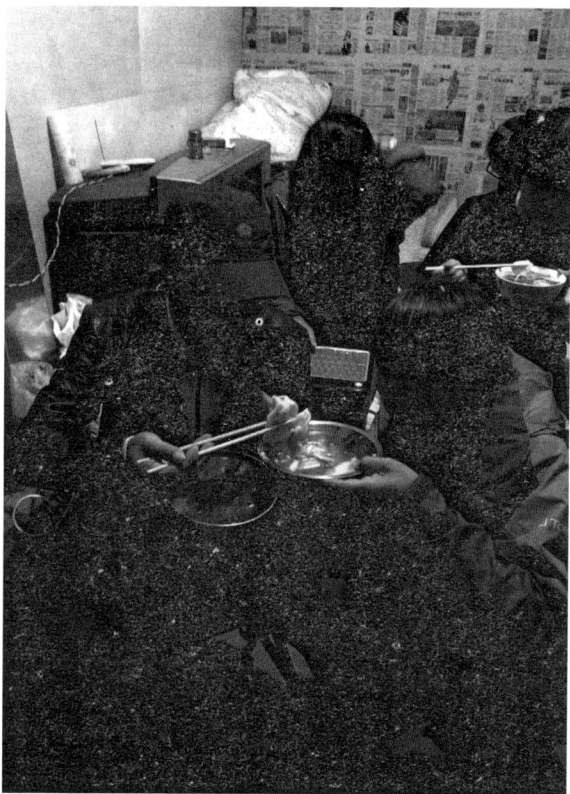

郭志凯吃饺子 图

于我们在江北，和她们家还是有一定的距离。在演出前两个小时左右的时候，她短信告知我无法来观看演出，这或多或少让我感到一些失落。我觉得相处两天大家已经建立起了一些友谊，但就在这座城市，她的主场，她却没有出现在我的视线里，这不得不说是一个很大的遗憾，毕竟在路上我们曾无微不至地照顾了她。或许我们只是路过、相遇，除此之外，没有其他的意义了吧！或许，她已经将我们遗忘，或许，我们只是打了个照面，或许，我们从来都不曾在彼此的世界里出现过。

璐璐说好要来的，也没有来，不知是下雨的原因还是其他缘故。她起先可是信誓旦旦要来观摩的，但最终仍然短信告知家里有事情无法前来。这可是哈尔滨，你们的主场，我美丽的姑娘们，你们却不能和我们一起歌唱，你们不知道这可能是仅有的一次，也可能是今生我们在此地唯一的一场演出，就这样错过，就这样错过……我轻轻摇了摇头，点燃了一颗香烟，

抬头望着天空发呆。

　　今晚的演出，李博凝终于归队，她的父母也来到现场为其助威。沆龙哥点燃了篝火，让今晚的演出多了一丝草原的味道。乔锐和岳旎他们去市区给大家打包晚饭，可惜很多能够打包的饭店都已经下

班，只好采购了一些生饺子回来自力更生了。做饭在守护营地的不足 15 平米的房间（带厨房）里进行，由于工作人员较多，只能轮换着吃饭。演出结束时，我、曹可等人挤进狭小的厨房吃饺子，余爽和唐庆坐在床上整理今晚的演出图片，大家有说有笑，也算是苦中作乐了。我和曹可边吃边聊明天的行程，立冬拿着手机给我们拍照片，两人各夹一个饺子相碰，饺子配酒，越喝越有，饺子为主，碰一个吧！简单的一顿饺子玩出这么多精彩，或许，这才是旅行的意义。

晚上沅龙哥要去蒙古国，暂时和我们分别。搬家车缺少一个头车，如果龙哥走的话，这辆车就要被抛弃在哈尔滨，曹可回到唐山的话可能不好和大陆房车的石头交代，毕竟，人家把车交给你了，你把车放在哈尔滨怎么说也不合适，况且龙哥要一个月之后才能回到哈尔滨，大家在这一刻还是犯了难。

最后，我和曹可等人商量后，决定让龙哥把搬家工房车开到长春李木公司停放，龙哥倒车的时候车胎爆了，无奈只好换胎。趁这功夫，大家把将要搬走的搬家工车里的东西都倒腾了一下，瞬间整洁宽敞了许多。

听曹可的意思是，李木想要买这辆搬家工房车，但没付钱，一切只停留在意向上，不过，对我们而言，这也是一件好事儿，因为，一来我们头车确实不够，二来也不用把搬家工再拉回唐山，一举两得，李总赶紧付钱吧！哈哈！

第二天早上，我和曹可去给大家买早点，到了包子铺，我开玩笑说：老板，听朋友说你们家包子不错，先来100个水煎大包，你墙上写的品种每种来20个，有多少算多少，再来25个鸡蛋，来一袋咸菜，有钱了，我拼命造！老板看了看我没吱声，笑着回声说，兄弟，我们这不卖半份的。惹得屋里的其他食客也都笑了。

我趁老板打包的间隙，要了几个包子、一碗小米粥、一碟咸菜吃了起来，付钱的时候老板给减了7元钱，挺仗义的。

我高高兴兴出了门，回头找曹可，却不见人影，车停在路边没人管，向四周望了望，发现曹可在街边一小摊儿贴膏药，我看了看没吱声，灵不灵呀！和曹可打着招呼，膏药是治疗腰疼的，连贴4贴80元，曹可贴完后居然发现没带钱，问我要钱，我说钱都买早点了呀！这怎么办，贴膏药的师傅估计脸都绿了，心里肯定在想这是啥人呀，半天就这一单生意，还没带钱！我没搭理曹可，到车辆旁边，从兜里掏出钱，找了一堆零钱给师傅拿了过去，都是1元，5元的小钞，师傅数了半天，够了之后才面带微笑，"欢迎下次再来！"我边数落曹可，边和他一起笑着离开。

大家聚在一起，吃饭就是香，100个包子、加上乔锐熬的一锅粥，一眨眼功夫就被一扫而光，包子的味道还是不错的。接着，大家开开心心上路。

歇伦贝尔 八千里路

可能是起得早的缘故，这帮懒人刚上车就困得不行，一帮人倒头就睡。曹易萱嚷嚷着要给我和强子算命，我说算命可以，要给我俩钱。她一脸的茫然，说：我给你们算命不收钱，怎么能让我给你俩倒贴钱，天下哪有这样的道理？我和强子二话没说连打了两个哈欠，瞅了瞅小姑娘，说：平时别人给我们算命都得掏钱求我们，我们可是明星大腕，有出场费，这事儿你应该知道啊！她一听，就不断地央求我俩，反正一提正事儿，我俩就犯困，一说笑话，我俩就说：啥意思呀！听不懂呀！无奈，一个笑话要重复数遍，急得小姑娘都快哭了！连连说我去睡一会儿，你们气死我得了！过了一会儿，我们隐约间听到姑娘的哭声，我和强子、彭钧、李博凝都笑得不行了！

路上彭钧建议玩一个谁输了必须对某人说"我是小猪儿、我是小王八"的游戏，气氛老好了！强子不断地输，我和彭钧输得较少。其实，这有一个诀窍，你如果专心一点输的概率还是很低的，大家抽牌时或多或少会露出一点破绽，比如说你看到牌之后，大致看一下它在手里的位置，就可以准确抽出你想要的牌，但前提是你要留心观察，当然还是需要有一些运气成分在里面的。

车行至长春时，乔锐从右面超车，突然前面路一下子变窄，乔锐连续两个急刹车，弄得车里的人一阵惊呼，房车里的矿泉水还有其他东西呼呼啦啦地掉在地上，大家吓坏了，这可是高速呀！乔锐连连致歉，我们也没说什么，但还是有些后怕，在高速上还是不要超车为好。

到达长春之后，李木公司副总在路口等待我们一行，大家浩浩荡荡地开进了他的公司，李总准备了丰盛的午餐招待大家，鱼是从长春水源地水库打来的，菜都是在园区自己采摘的，几乎全是绿色食品。反正，我最近发觉，只要大家提起绿色食品，吃得都特提劲儿，里面有一道叫"鸡蛋窝"的菜很有意思，是把整个鸡蛋放在一个盘子里炖，很特别。李木人不错，对大家也特别好，我们只是路过，却这样盛情款待我们，弄得我挺不好意思的，赶紧签了两本书送给李木，杜侑澎、彭钧、李博凝也分别签了自己的唱片送给他。大家享用了一顿愉快的午餐，开始上路，向沈阳进发。

漠河

塔河

呼玛

根河

加格达奇

黑河

海拉尔

五大连池

阿尔山

哈尔滨

突泉

长春

赤峰

沈阳

金山岭

北京

北戴河

天津

唐山

生死时速

从长春出发到沈阳，高速路比较畅通，旅途还算是顺利的。沅龙哥走后，青蛙乐队贝斯手杜渡和杜侑澎开车，拖挂大陆房车搬家工。全程300多公里，大家一直用手台遥相呼应前行，速度控制得还算不错。不过，五个小时的行程，大家一直在高速路上行驶，沿途不可能去餐馆吃饭，我又从来不吃泡面，只能在休息区买些零食、水果垫垫肚子。一路上，大家忍受饥渴疲惫，还是颇为辛苦。

出高速路口之后，开始走盘山公路。我是按照明浩微信给的位置图搜索前行的。在路过一个十字路口

南湖黄昏 图

时，乔锐嫂子的车差点飞起来，连续几个大坑，停在中间就熄火了。曹可在后面着急地训斥了几句，我则拿着手台给后面的车讲述注意事项。坤鹏的川 A 提供的信息很不明确，弄得我们也是左右为难。

在靠近棋盘山风景区不远处停了下来，问当地的人如何进景区。由于信号不是很好，和景区联系时断线好几次，可把我急坏了。火上浇油的是，这时候一个坏消息传来了：杜侑澎驾车进入景区后，不小心把拖挂房车撞到树上了，损害得还挺严重。那一刻我有些慌张，但瞬间冷静了下来，虽然车辆损坏，还好人没有出现意外，这一点让我略感欣慰。

曹可和立冬打算立刻将豫 C 头车取下，要去事故现场增援杜侑澎。但我总觉得艾威房车停在山路急驶道路上很不安全，在知道了从小东门可以开进去的准确路线后，还是和曹可做了沟通，他也赞同我的观点，于是我们两辆车从小东门驶入景区。沿途黑漆漆的啥都看不清楚，信号也不好，和景区工作人员沟通位置颇为困难，干脆不挂电话了。一路小心翼翼慢慢前行，终于来到了棋盘山景区红叶宾馆。大家刚刚舒了一口气，这时候意外又发生了，由于大坡比较陡，立冬开的艾威房车尾部底盘拖地了，大家急忙往上托，但无济于事。最后，还是让曹可开车一口气冲上坡，安全停在宾馆门口。

艳粉街 图

这时候明浩和他父亲的车也赶到了，领着我们直奔事发地现场。车撞到树上后情况很是不好，左上角完全撞坏了，撞了约 70 公分一个大口子，被树杈死死卡在那里动弹不得。还好，杜侑澎和车里的工作人员没有受伤，万幸呀！想想我都害怕。我数落了杜侑澎几句，但仔细想想还是不吭声了，毕竟他也不是故意的，况且这地方路况不是很好，数落他也没有实际意义，还是努力将车拖出险境吧。

车被死死卡住，我找了一个棍子费了好大劲儿才将左上角被树卡死的铝皮撬出，之后开始倒车，另外一个情况又出现了，离搬家工车 1 米处还有一根碗口粗的树干横在那里，无法通行，无奈我只好爬上树尝试将树枝挪开，好多年没爬树了，这次又重温了一下儿时的感觉，可是树枝太粗，我使尽全身力气它都纹丝不动，只好放弃。

棋盘山南湖黄昏 图

　　此路不通，只能另想他法。我和曹可、立冬、杜侑澎共同商议了一个办法，就是将头车去掉，人工挪动比较靠谱。我和立冬领着小赵、尼玛、小白在前面用力将车头部抬起，后面杜侑澎和乐队的人使劲往前推，一寸寸越挪越起劲，感觉不错了，让曹可将车倒过来，安装好再度往前开，可惜，还是未能成功。最后，大家决定采用人工办法将车拖出之后，再由头车拉走，和刚才的站位一样，大家齐心协力，喊着口号一点点将车拖了出来，曹可的车开过来，顺利使车脱离险境。大家掌声雷动，我们房车音乐之旅经历了迄今为止最大的一次苦难，在大家众志成城、万众一心的努力下，问题得到了解决，房车化险为夷。到达宾馆之后，大家情绪比较高涨，一起小酌了几杯，由于明晚才有演出，今天放松一下也就无所谓了。

这时，舞台车李师傅也到了景区西门，有前车之鉴，我再也不敢让他冒险了，拉上坤鹏、宾馆丽娜姐一起去接舞台车，接到之后直接拉到明晚的演出场地，才回到宾馆。宾馆的食堂早就下班了，我和丽娜姐一起去食堂给李师傅找了点东西吃，搞了点米饭，还有一些凉菜之后就找不到任何吃的东西了！坤鹏已经累趴下了，开了一天的车好辛苦。我晚上其实也没有吃饭，但经历了这么多的事情，已经不觉得饿了，喝了点饮料就进了房间。

立冬敲开了我的房门，向我借洗漱用品，我说："你洗漱用品怎么会在我这里呢？你瞎找什么呢？"他不好意思地笑了，我转身关了房门，结果房门又响了，又是立冬，我说："哥们儿，你今晚怎么了？"他不好意思地说："刚才出门时忘记带房卡，进不了房间了！"妈呀！我都快哭了！他拿我的房卡试图将门弄开，尝试了好几次，差点将我的房卡折断也没有成功。我给余爽打了一个电话，又给他开了一间房。我准备睡觉的时候，听见他在走廊里和服务员说话，说自己的房卡锁在屋里了，让服务员帮忙开门，我摇了摇头，这哥们儿真较劲呀！

早晨，阳光不错，照在景区连绵不绝的山岭上，一片金黄。树林葱郁，草木茂盛，似乎还能找寻到渔猎民族古老的遗迹。听说这地方到冬天时银雕玉砌，每年元宵节，放花灯，看冰雕，其乐融融。

北京

天津

唐山

北戴河
2014.8.9 - 8.10

哈尔滨
2014.8.5 - 8.8

沈阳
2014.8.4

长春
2014.8.3

俄罗斯
2014.7.31 - 8.2

漠河
2014.7.29 - 7.30

塔河
2014.7.28

加格达奇
2014.7.27

呼伦贝尔大草原
2014.7.26

根河
2014.7.25

阿尔山
2014.7.23 - 7.24

突泉
2014.7.21 - 7.22

赤峰
2014.7.20

金山岭长城
2014.7.19

北京市区
2014.7.18

可惜现在是夏天，如童话般梦幻的雪景也只能存在于想象之中了。当然，夏天的棋盘山也别有一番风味，清爽宜人，是消暑度假的好地方。景区准备的早餐很丰盛，北方人对于粥和咸菜是有特殊感情的，虽然知道吃多了会口渴，但还是忍不住贪吃几口。一只松鼠在树枝上跳来跳去，引来姑娘们阵阵尖叫，吃个早餐还有特别来宾，欢乐无处不在。

　　年轻人总喜欢熬夜，强子他们昨夜喝了不少酒，唐庆敲了几次门才将这几位爷喊醒。由于上午没有什么事情，大家都各自安排自己的活动，坤鹏引诱我去沈阳市区看看艾敬歌声中的艳粉街是什么样子，我起初答应了，起因是，我的一个朋友 10 号过生日，想去市里给他挑选一个礼物。不巧的是，景区领导开车过来了，我抽不开身，无奈遗憾地安排唐庆去了市区。可怜我好不容易来一趟沈阳，都没有去市区感受一下它的风土人情。

　　昨夜搬家工房车撞得够呛，大家希望将房车破损处用布包装一下，至少路上看上去会好看一些，12 号就到唐山了，只有将它拖到唐山总部维修了。岳旎找了半天也没有找到合适的布，最后把我新书发布会的写真布拿了出来，我一脸不情愿的样子，但在曹可和杜侑澎的淫威下，只好妥协，从中间扯下一大块，费了很大劲儿才包装了起来。你还别说，包装后的房车另有一种特别的感觉，至少好看了许多。

　　下午景区召集了辽沈地区的媒体和我们几位创始人开了一个座谈会，大家对未来的一些合作，还有当前房车露营地遇到的问题展开了深入的探讨，曹可的一番话让我倍感亲切，他说：我的家很小，但院子很大，周围鸟语花香。可以停在草原上、山顶上、雪山之巅，在旅行中行走，才是房车生活的真正内涵。

　　夕阳西下，大家沐浴在阳光下，左手边是绿草茵茵的草地，正

棋盘山南湖 图

对面是辽阔的湖面，微风荡漾。大家心情不错，景区领导李书记为大家准备了丰富的晚餐，满桌烤肉飘香，水果清香甘甜，最重要的是啤酒非常不错，大家一下子胃口大开。我和明浩好久不见，能够在棋盘山相遇，实属不易，我许久没有沾酒了，为了这份兄弟情义，还是破戒和大家小饮了一杯。这顿晚宴是李书记特地安排的，他说，我总觉得房车音乐之旅来到我们这里，如果去酒店的房间里吃饭就失去了它的意义，我还是选择了户外，这样才和主题相吻合。真的是太贴心了，景区能有如此开明的领导人，未来不可估量呀！

我开惯了自动档车，一直想练练手动档，不过曹可的车子太难开了，等小白将车开过来之后，我忍不住要上车练练手，坤鹏坐在副驾驶当指导。车子穿行在郁郁葱葱的湖边林荫道，阳光穿过树林洒在车子上，虽然偶尔有些耀眼，但速度起来后，御风而行，和《头文字D》中周杰伦的中古车AE86的感觉很相似。棋盘山景区很大，路上车子也比较少，所以我们的车行驶得很顺利，给了我一展身手的机会，但我心有余而力不足，还是玩不出漂移的感觉。两人只好唱着朴树的《Colorful Days》向前急驶。路上我们聊了许多关于音乐的话题，一些观念还是很一致，聊得不亦乐乎。

　　晚上的演出人不是很多，多为在此处露营的游客，大家还是很热情。一个夏令营的外教看完演出后，激动不已，争相和各个乐手合影，余爽他们英文还不错，和老外沟通得很融洽。一些来夏令营学习的孩子，看到老师如此喜欢今晚的音乐，多少还是有些意外。在流行音乐领域，中国的音乐能够得到老外的青睐还是一件比较新鲜的事情，不管老外是出于恭维还是其他目的，我也不去猜测他心里的真实想法，但从表情上判断，应该是喜欢今晚的音乐，这点从笑容里是可以清晰判断出来的。

演出结束后，我和坤鹏、立冬他们聊天。立冬最近伙食不错，摸着自己的大肚子开玩笑说最近吃胖了。坤鹏说：年轻时搞大了别人的肚子，老了，身体不行了，只有自己搞自己了，所以搞大了自己的肚子。逻辑思维还蛮强，这话把大家都逗乐了！

回房间后，公司年轻的小伙伴们玩起了游戏，诸如真心话大冒险此类，尺度很大，贴面、拥抱、亲吻什么的，他们一个个又笑又跳，玩得很开心，年轻人的活力和青春在他们身上闪耀。我则像以前一样端着相机，在旁边拍照。唉，一把年纪了，已经很难融入到年轻人中，只能在旁边羡慕了。在欢声笑语中，我们的沈阳之行拉下了帷幕。

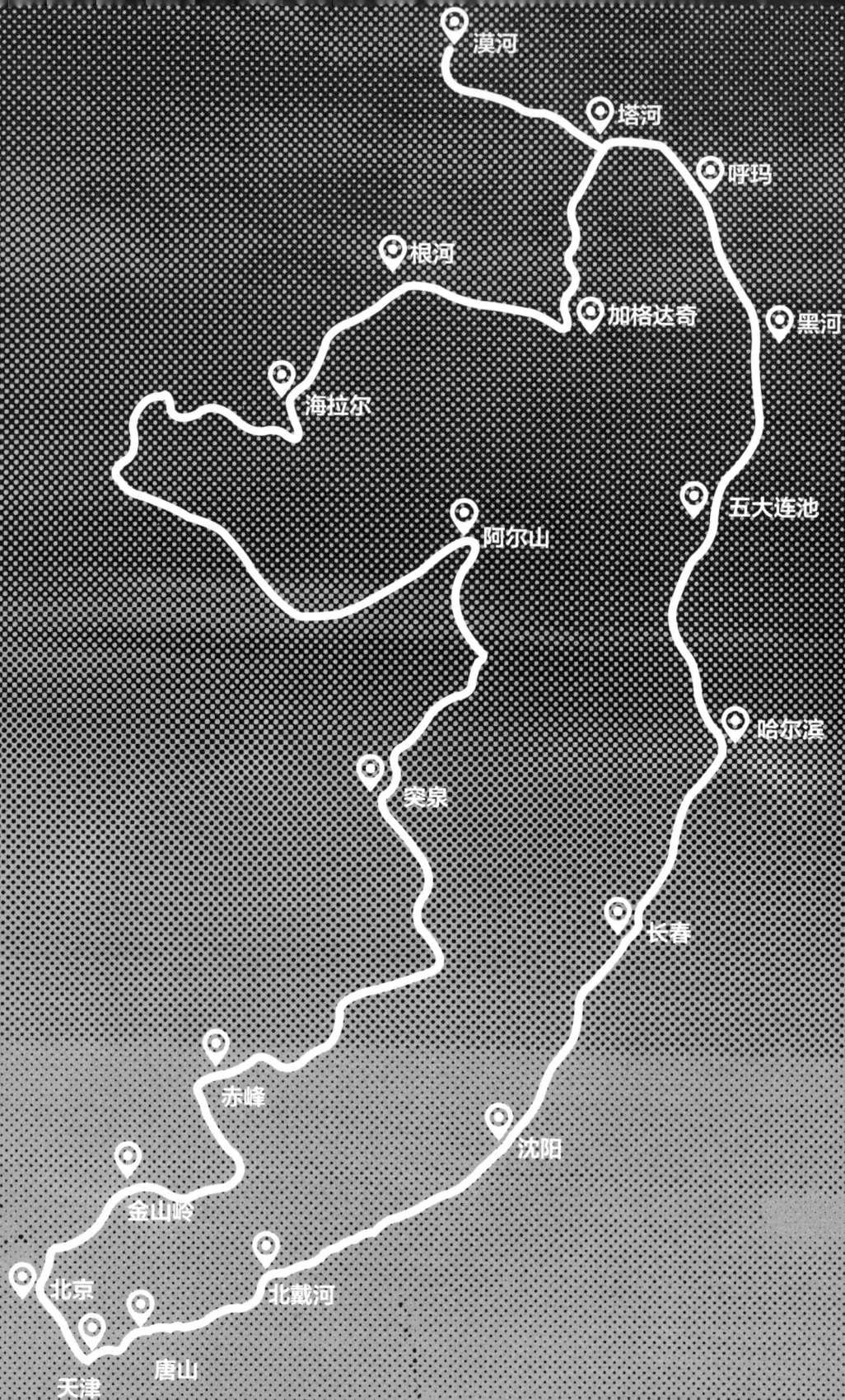

那片海

从沈阳到北戴河应该算是回程了吧，可能是离家越来越近，反而心情变得越来越复杂。李博凝从哈尔滨之后彻底回归大部队，他还带了一个姑娘，名字叫"三千"，逗死我了，怎么不叫三万啊！我们在乔锐的车上玩了一路扑克，名字挺逗儿，叫"干瞪眼儿"，

北京

天津

唐山
2014.8.11 - 8.12

北戴河
2014.8.9 - 8.10

哈尔滨
2014.8.5 - 8.8

沈阳
2014.8.4

长春
2014.8.3

俄罗斯
2014.7.31 - 8.2

漠河
2014.7.29 - 7.30

塔河
2014.7.28

加格达奇
2014.7.27

呼伦贝尔大草原
2014.7.26

根河
2014.7.25

阿尔山
2014.7.23 - 7.24

突泉
2014.7.21 - 7.22

赤峰
2014.7.20

金山岭长城
2014.7.19

北京市区
2014.7.18

北戴河　图

北戴河　图

一路欢歌笑语。曹可和立冬他们也比较顺利，高速路上都是休息区，依然没有办法吃饭，大家只能在服务区里买点零食填补一下了。

　　在山海关那里停留的时间较长，山海关十分雄伟，"幽蓟东来第一关，襟连沧海枕青山"，应该是历史的缘故，站在关城下，一股英雄豪气也随之而来。我买了许多水果给大家吃，大家纷纷合影留念，夕阳洒在大家黑漆漆的脸上，反射出耀眼的光芒，但笑容还是透着灿烂。我、曹可和工作人员合影留念，大家显得颇为兴奋，在我的印象里，这次合影显得很特别。

　　在进入北戴河的路上还是出现了意想不到的事情。由于音响师尼玛是藏族人，所以，在检查站还是被警察拦住了。杜渡的驾照被警察收了，尼玛也被警察带过去拍照，传到北京确认。我们只能在检查站门口等待结果。警察看上去还挺客气，听说我们的这次音乐之旅也显得很意外，围着房车瞧瞧，觉得很新奇，我们也耐心地向他们解释,说我们这次行程的种种艰难,还向他们讲述了我们这次活动的意义。两位年轻的警察对我们还算不错,还给我们拿矿泉水喝,弄得我们受宠若惊。警官说,你们也别着急,我们也没有办法,北戴河啥地方你们也知道,着急也没用,尼玛的身份证已经传上去了,等上面确认一下就放行,应该问题不大,一看这孩子就是老实孩子。

当知道尼玛经常帮助汪峰和许巍等大牌音乐人调音之后,警察暗挑大拇指,还问了一些汪峰和国际章的八卦。我有一搭没一搭地跟他们开着玩笑,气氛还挺好。乔锐一看那情况,觉得问题应该不是很大,就放心了。时间一分一秒地过去,天渐渐黑了起来,两个小时之后,警官终于接到通知放行。我们和警官挥手告别,曹可还给他们留了电话,希望他们有时间的话,

海边的小狗狗　图

去北戴河碧螺塔观看我们的演出。这趟回程真的是一波三折。

　　快到北戴河的时候，我们又遇到了麻烦，这次还真不是尼玛的事情。有了前车之鉴之后，我们让尼玛在乔锐的车上休息，不再出示身份证，这样其实挺好，如果警察一看身份证估计又拦下了。由于大陆房车是集装箱式房车，必须要有前面的头车拖挂，杜侑澎可能说了一些牛逼哄哄的话，让警官很不爽，他很不开心地扣下了车，说："你们把车的手续还有能够上路的规定和载重的标准给我拿过来，我看一下没问题就放行，如果没有手续只能扣下了。杜侑澎一听这个有点慌了，我和曹可没吱声，但还是摇了摇头，这时候要手续没有两天下不来，车扔到这里岂不疯了！"

　　最后，还是我和曹可找到了他们的警官负责人，他听了我们的描述，考虑到这趟行程的意义，派了一名警官去车里检查了一下，感觉没有什么危险，一挥手就放行了。那会儿，我最大的感觉就是，以后你们别在我面前说警察任何不好的话语，我觉得他们挺好，我喜欢警察。低调、低调、再低调。

进入北戴河之后，开始向碧螺塔挺进，在入场口又遇到了问题，一辆路虎从对面开过来，一个特别洋气的女人啥也不说，就让我们倒车，让其通行。我一看三辆房车全部倒车的话没有几十分钟还真没戏。我问了保安能否协调，保安小声说，她们我也惹不起，在当地很有势力，你们和她们沟通吧。我搁下身价低声下气地跟这位美女沟通，希望她的车能够往后倒，她瞅了我两眼，可能觉得我比较帅的缘故吧，微笑了一下，就开始倒车了。如果她要向我要电话号码或者加微信什么的，我给还是不给啊？好纠结……之后，我指挥车辆顺利到达目的地。

说起碧螺塔，我们和他们的老板王总颇有渊源。去年的时候，我、曹可、翟强、杜侑澎来这里考察过，除了这里，还有桃林口风景区。当时王总希望能做一个房车营地，我们给做了较为详细的规划，据曹可讲他还欠我们不少钱，但因为都是熟人的缘故，余款就没办法张嘴要了。这次来这里也是王总力邀，希望在这里做一场演出，所以，看在他的盛情以及大海的面子上，我们来了！有句话说得好：面朝大海，春暖花开。

碧螺塔本身就是著名的风景区，人流攒动，大家晚饭后在海边吹着小风，尤其是午夜零点之后，游人散去，我们在海边行走，一面是岸上寂静无人，一面是大海激情澎湃地演奏着海浪之歌。这种动静相宜的感觉太美妙了——我们成了大海的最佳听众。

以前我来过这个地方多次，相对而言并不陌生。早上，我和立冬去买了早餐，油条、紫米粥、鸡蛋，大家吃得还挺开心。

太阳有点毒，但这种天气不下海游泳，总感觉缺了点什么。一帮大老爷们儿开始下海游泳，游了一会，彭钧、杜渡提议玩沙滩足球，我们开始分队厮杀。记得余爽的微博是这么写的：一大帮老少爷们儿开始踢球，踢得那个臭呀，比国足还臭。大家看到后乐得不行。其实，在沙滩上踢球，和草地上踢球还真不一样，有很多技巧，比如说，对着球不能直接大脚踢，而是要随着那个劲儿踢，挑射居多，这样做的目的是避免脚面和沙子直接摩擦，否则很容易受伤。另外，在沙地上踢球跑动一定要灵巧，而不是那种横冲直撞的感觉，由于沙子有阻力，跑起来特别累，体力差的跑一会儿就歇菜了。当我告诉颖哲他们这种踢球要领之后，他们迅速掌握了，此时对方气喘吁吁，我们的机会就来了，见缝插针，接连进了好几个漂亮球。那天下午，玩得很开心。

演出前，麻烦来了，原来在广场上摆摊（用中国好声音做背景，游客站在那里唱歌，有种身临其境在参赛的感觉，同时，再给你录下来，刻张光盘收钱）的商贩不干了，他们找到园区领导大吵大闹，说我们的演出会影响他们的生意，建议免收他们一个季度的租赁费。这赔本买卖，园区当然不干了，各种较劲，最后，园区希望我们去和对方协调。无奈，我只好出马，跟摊主家儿子——一个约16岁左右的男孩聊得挺好，但他也做不了家长的主。后来，摊主夫妇来了，我和他们沟通之后，他们提出让我们赔偿他们一晚的收入2000元，我当然不干了，各种沟通，最后，还是以失败告终。

王总最后的意思很简单，摊主要多少钱给他们，园区出，我说这行，我提出两个小时演出赔偿1000元行不行，摊主死活不应允，愁死我了。最后，我们一气之下，决定罢演。我开始指挥大家收拾设备，刚收到一半的时候，雨点就下来了，所有人都开始帮忙，人多力量大，没过多久就把所有的音响灯光入库。这时，大雨倾盆而来，我钻进房车里听着雨声，非常庆幸这个英明的决定，如果摊主答应演出的话，大雨一来，这么多设备可就废了，想想都后怕。不过，还是为摊主感到不值，我们明天就走了，你们和景区的关系搞得这么僵，肯定不是什么好事，且行且珍惜吧！

晚上 21 点左右，雨停了，星星都从云端里漏出来了。我们将大家一一安排休息，一大面广场，全是各种小型房车，景区一下子给了十几间，真的是太好了。我的家人也过来探班，尤其是小郭同学的到来，还是让我感到十分开心。

之后，坤鹏找我们三个创始人开了一个会，大致是关于在行程中自己的一些工作情况，还有对团队的一些看法，谈得较为深刻，也有些激烈。但有些观点我觉得提出来是正确的，在任何活动中，有些话敞开了说反而更好，就怕憋在心里不说，日子久了肯定就会出问题。颖哲和小白的意思也非常明确，一定要分场合、分状态，不能不问青红皂白就指责某人，在大庭广众之下，就更不应该了。曹可也表示了自己的看法，

他对先前自己的一些言语上的不足做了自我批评，我
觉得态度很端正，我们都觉得这才是领军人物的风采。

曹可拿出了自己的珍藏杜康酒，又准备了一些小
菜，尼玛、小赵、杜渡、强子，还有我，一帮人坐在
那里喝酒聊天，空荡荡的广场上只有我们一桌客人，
跟包场似的，我喜欢包场的感觉。

晚上睡觉的时候，我特意把窗户打开，听着海浪
的声音才能睡得香，离家越来越近了，那种使命感即
将结束了，离成功仅剩一步之遥，明天，明天请赶快
来吧！我几乎有些迫不及待了！

早晨六点，凉风习习，风景宜人，景区还没有进人，
小郭他们一帮人去赶海，收获了不少，篓子里小鱼小
虾活蹦乱跳，还有许多好看的贝壳。这时，我们就起
床了，太阳公公也逐渐探出了头，凭海临风，敞开怀
抱拥吻着海风，那感觉无法用语言来表达。想想这次
行程，虽然演出夭折，但带给我们的感受确是如此特别，
我们在一起唱歌，我们在一起嬉戏，我们在一起喝大
酒，这或许才是旅行真正的意义，那一刻，我真的领
悟到了这次音乐之旅的内涵。

北京

天津

唐山
2014.8.11 - 8.12

北戴河
2014.8.9 - 8.10

哈尔滨
2014.8.5 - 8.8

沈阳
2014.8.4

长春
2014.8.3

俄罗斯
2014.7.31 - 8.2

漠河
2014.7.29 - 7.30

塔河
2014.7.28

加格达奇
2014.7.27

呼伦贝尔大草原
2014.7.26

根河
2014.7.25

阿尔山
2014.7.23 - 7.24

突泉
2014.7.21 - 7.22

赤峰
2014.7.20

金山岭长城
2014.7.19

北京市区
2014.7.18

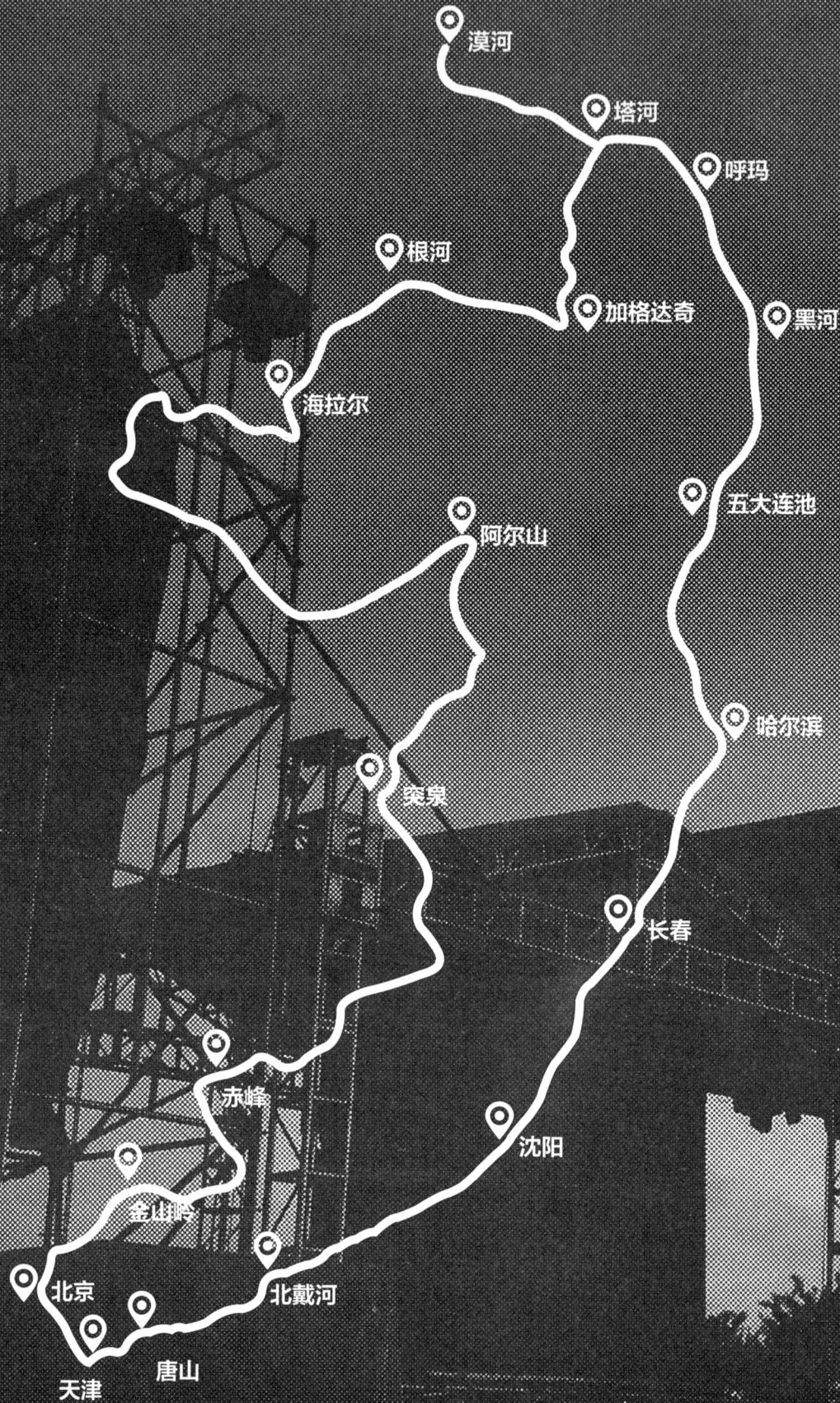

漠河

塔河

呼玛

根河

加格达奇

黑河

海拉尔

五大连池

阿尔山

哈尔滨

突泉

长春

赤峰

沈阳

金山岭

北京

北戴河

天津

唐山

唐山大兄

北京

天津
2014.8.13 - 8.14

唐山
2014.8.11 - 8.12

北戴河
2014.8.9 - 8.10

哈尔滨
2014.8.5 - 8.8

沈阳
2014.8.4

长春
2014.8.3

俄罗斯
2014.7.31 - 8.2

漠河
2014.7.29 - 7.30

塔河
2014.7.28

加格达奇
2014.7.27

呼伦贝尔大草原
2014.7.26

根河
2014.7.25

阿尔山
2014.7.23 - 7.24

突泉
2014.7.21 - 7.22

赤峰
2014.7.20

金山岭长城
2014.7.19

北京市区
2014.7.18

在北戴河的时候，来了很多家属，如果大家都乘坐房车，则会出现超载的情况。考虑到安全因素，我、唐庆、小白决定乘坐高铁赶往唐山。买票之后，距离开车仍有两个小时的时间，我们三人在火车站附近一家颇为简陋的餐馆吃了午餐。餐馆坐落在一个旧家具市场旁边，环境不是特别好，是一对夫妻开的，年迈的父亲也在店里帮忙，不过就冲老板这份孝心，其他的也算不了什么！安徽板面味道还不错，当地汽水和北京百年老牌北冰洋汽水有点相似，很好喝，我向来喜欢具有地方特色的东西。

上了火车，从北戴河到唐山一百多公里的路程，半个多小时就抵达了。由于曹可一行迟迟未到，我们三人在小南湖公园惬意地溜达了三个小时。小南湖公园是生态公园，里面并没有什么娱乐设施，但有一条宽阔的道路，路旁柳荫茂密，绕着一潭干净的湖水，

适合骑行或者散步。年轻人若谈个恋爱，没有两个小
时走不完全长。休息的时候，我跟唐庆、小白聊天。
唐庆还是大学生，这次音乐之旅结束后还要返回校园
读书，但她很希望毕业后到公司来工作。我推心置腹
地和她谈了很多，关于音乐之旅中她的表现以及对未
来的规划，我都说得情真意切，如果说这次谈话价值
一百分的话，小白间接地吸收了七十分，但唐庆吸收
了可能只有十五分。这让我感到非常失落。唐庆是一
个很坚强的姑娘，但做事情时，往往缺乏合理的规划，
总显得非常的毛糙，这并不是说她不努力，很多事情
正是由于她的不自信而致使她过分小心翼翼，越担心
越出错，一发而不可收。当我讲到关于她的实际的问
题时，她还是哭了，哭得很伤心。我衷心祝福唐庆同
学能够在未来的生活以及学习上为自己准确定位，同

黄昏时的唐山　图

时希望在第二季音乐之旅开始的时候，依然能够看到她的身影。

曹可一行到达唐山之后，将撞坏的房车运送至大陆房车营地本部。由于撞坏得比较厉害，再加上时间的原因，搬家工里显得有些凌乱，引来大陆房车部分员工的围观，这让曹可和杜侑澎一行感到非常郁闷。曹可向陆畅表示了歉意，房车撞坏的图片也发给了大陆房车的经理石头，他倒是没说什么，但心里一定不是滋味，因为车辆的送修非常麻烦，都需要国外进口的配件。原来，我们打算房车音乐之旅的饮食跟住宿是由对方负责的，可因为这场意外，曹可也不好意思再提了，只能自行解决。这是一笔不小的费用，我们损失惨重。我对此非常不理解，甚至有些懊恼，正是由于杜侑澎的这次事故而让音乐之旅蒙上了一丝不安定的因素，无论在资金上还是声誉上，我们都付出了沉重的代价。但此时此刻再说什么都没有用了，只能寄希望这些不利的因素不会影响到第二季房车音乐之旅。

曹可一行到达了薰衣草庄园，和我通了电话，这时候大家才知道南湖公园有大小之分，我们三个人逛了一下午在其中等待大部队的小南湖离演出场地还有二十公里。而且小南湖公园完全封闭，不允许任何社

郭志凯在唐山电台　图

会车辆进入，其中也包括出租车。只能以每人 10 元的价格乘坐公园提供的电瓶车到达演出场地，三人被逼无奈有偿浏览了一次小南湖全貌。我非常懊恼地对小白说，这叫什么事情，我怎么好意思跟曹可他们提起此事，这 30 块钱又打了水漂，找谁报呀。他俩也乐了。

薰衣草庄园环境非常好，就在大南湖近边，风景秀丽。再加上唐山这几天天气很好，光照很强，直到下午四点钟之前大家几乎都不能出门。五点以后，夕阳洒在湖面，粼光闪闪，秒杀众多游客。在薰衣草庄园不远处的湖边，有三棵已经被水浸泡着的枯木，与水面、夕阳、天空及周边环境构成一幅唯美的油画，吸引了小白的注意。他和坤鹏架起照相机，用各种角度来勾画出他们自己心中惊世骇俗的作品。

小郭同学跟着我们来到唐山，我整天围着他转，忙得跟孙子似的却仍旧不亦乐乎。可惜小郭同学对于我的讨好似乎不屑一顾，却抱着个电话与同学聊得热火朝天。由于他的同学明天要去美国读书，无奈小郭同学不得不匆匆返京为同学践行，而错过了唐山站的演出，这多少让我感到有些失落。其实我很想让小郭同学观看一下这些乐队的综合实力，至少要让他了解一下他老爸带的这帮音乐人绝非酒囊饭袋。

晚上大家特别没有创意地去了万达广场吃饭，由于人多无法共聚晚餐，只能自由组合自行解决。不知什么缘故，岳旎帮我在网上购买小郭同学返京的车票，一直未能成功，无奈我和坤鹏、小白三人赶往车站，由于车站购票的人较多，浪费了不少时间，再加上路不熟，回到万达广场的时候已经是 21 点 30 分，非常不凑巧的是，万达广场下班了。我们十分无奈地开着车满世界"要饭"。这时候曹可用手台十分无耻地讲解着自己的晚餐是如何如何丰盛，惹得我们哈喇子直流。坤鹏带着哭腔有气无力地说，哥我求你了，你别说了，我们都快饿死啦。曹可听到这话，讲得更起劲了，那帮臭不要脸的已经乐得不行了。我们找了二十分钟唐山小吃，未果，最终来到了大名鼎鼎的"永和豆浆"。感谢上苍保佑吃饱饭的人们。

次日，我给中国著名 DJ 董鹏打了电话，告知了当晚演出的时间地点，诚恳地邀请他和朋友来南湖公园薰衣草庄园观看歌伦贝尔房车音乐之旅唐山站的演出。董鹏不惜余力地在时间短、任务重的情况下诚邀我、曹可、杜侑澎在当天 17 点至 18 点的黄金时段到唐山音乐广播与听众朋友们进行面对面的交流。我进电台的时候遇到了美女编辑梁小咪，之前我们没见过面，只是微博好友，上次杨樾的新书发布会我俩都去了，但彼此并不认识，这次见面，还是很开心的。直播很成功，晚上也有很多的听众朋友慕名而来观看了这场演出。

这次演出没有用舞台车，薰衣草庄园有一个标准的舞台，原来计划做音乐节。我们把设备搬上去，调试好。演出还没开始，唐山的朋友们接踵而来，连烤全羊都搬过来了，现场热闹非凡。大家应该是当音乐节玩了。演出时，朋友们也很给力，high 到爆棚。可以说演出效果是歌伦贝尔音乐之旅十几站中最好的一次。

康师傅的朋友们在演唱会结束之后用演唱会的标准级舞台唱起了卡拉 OK，大家没说什么，但心里都认为这奢侈得有些过分。在音乐人心里面，舞台是神圣的，尤其是站在台上，是多少人的梦想。当这些人在践踏你心中神圣的梦想时，那种失落感是没有人能够体会到的。当然，这不能怨康师傅，因为他的那些朋友又不是专业的音乐人，无法体会到那种心情，是很自然的事情。仁者见仁，智者见智，我们大家还是很感谢康师傅为我们提供了这么好的舞台，让它成为歌伦贝尔房车音乐之旅很重要的一个亮点。

康师傅为了迎接我们，为大家准备了丰盛的烤肉，还搬了很多啤酒，今晚可以尽情畅饮了。吃饭时，强子透露一个信息：钟哥待会就过来和我们汇合。大家可能酒喝得有点多，都没有在意，但当强子很认真地告诉大家时，现场一片欢呼声。8月7日哈尔滨演出结束后，他抛弃我们，带着钟嫂去长白山秀恩爱去了。仔细一算我们分开已有一周时间，大家每时每刻都在想念着对方，某一时某一刻在做什么、是否开心、是否悲伤。那种挂念感，就仿佛是在思念自己的亲人，或者是爱人，甚至有过之而无不及。当突然见面时，每个人都上去和钟哥钟嫂热情拥抱，那种拥抱不是礼节性的，就像是分开许久的爱人重逢时的那种，情真意切。

桌上的食物很丰盛，但很可惜的是有些凉了，又没有加热的工具。曹可将这些菜一一检查一遍，在确认无法招待钟哥钟嫂之后，喊乔锐去煮两碗热腾腾的方便面。钟哥是跟刘涛他们一家人一起去的长白山，风景独好，但少了那么多的兄弟姐妹，快乐也随之少了一大半。可能是随着歌伦贝尔房车音乐之旅慢慢接近尾声，大家的心情或多或少有了一些浮躁感，还夹杂着一丝诚惶诚恐的忐忑心理，既想尽快结束这场旅行，同时在经历了这么久之后又害怕离别那一瞬间的突然来临。这是一生只有一次的无法复制的绝版旅程，因为它自始至终没有一次彩排，拉开大幕就是正式演出。这种演出没有导演，没有任何刻意的编排，有的只是不可预知的种种情况扑面而来，让你躲避不及，纵然伤痕累累却也心甘情愿，让你找不到任何抱怨的借口。

此时此刻，大家只能用手中的二锅头代替心中的情谊，与钟哥推杯换盏，诉说心中的相思之苦，以及离开这段时间内发生的种种错综复杂的事情。钟嫂还是那么

演出车深陷泥坑　图

北京

天津
2014.8.13 - 8.1

唐山
2014.8.11 - 8.1

北戴河
2014.8.9 - 8.10

哈尔滨
2014.8.5 - 8.8

沈阳
2014.8.4

长春
2014.8.3

俄罗斯
2014.7.31 - 8.2

漠河
2014.7.29 -7.30

塔河
2014.7.28

加格达奇
2014.7.27

呼伦贝尔大草原
2014.7.26

根河
2014.7.25

阿尔山
2014.7.23 - 7.24

突泉
2014.7.21 -7.22

赤峰
2014.7.20

金山岭长城
2014.7.19

北京市区
2014.7.18

可爱。我笑着说，嫂子，你离开之后我们是多么想你，我们都轮着想你，但这句话可能用词不当，我们都连着想你。钟哥说，随便想，随便轮。惹得大家哄堂大笑。

薰衣草庄园晚间空荡荡的草地上，蚊虫不断地侵扰着大家，但这些都丝毫不会影响到大家这次演出成功之后的快乐以及与钟哥钟嫂久别重逢的欣喜。大家肆无忌惮地开着口味很重的玩笑，欢笑声几乎响彻整个庄园，就连天上的月亮星星都羞涩地躲了起来。

凌晨的时候下起了雨，噼噼啪啪的，几乎掀翻房车顶，我睡在大陆房车的第一层，写了当天需要完成的文字之后，爬上床铺准备睡觉，我有些累了，没多久就打起了鼾声。

或许是因为昨晚的演出太过顺利，或许是钟哥钟嫂的到来让大家兴奋不已，或许是喝了许多酒，又或许是唐山离天津很近的缘故，总之，太多的借口都掩饰不住我们心里的那种幸福感，那就是睡到自然醒。

早上起来，我在周边晃了一圈，洗漱完毕后，顺便洗了个头，吉他手大语就是因为冷水浇头才发高烧，余爽在旁边各种嘚吧，怕我着凉。其实凉水洗头发也是有技巧的，不能用水管直接对着头冲，那样的话谁也受不了，只能用冷水顺着头发流下去，尽量避免冷水与头皮亲密接触。况且每个人的体质不同，哥们每周踢两次足球，满场飞奔，身体底子好，没办法！但这里还是提醒大家尽量减少用冷水洗头，对身体确实有伤害。

　　我和立冬去买早餐，顺便把大语送到医院输液，大语身体清瘦，一看就是不经常运动那种，再加上连日来的奔波劳累，现在距离家乡越来越近，心理上一放松，疾病就趁虚而入了。但我并不认为生病是一件坏事儿，它至少提醒你身体需要休息，而且生病时，发动了全身的免疫系统，排出体内的毒素。这样说来，也是一件好事儿了。当然，我这是谬论，就图个心理安慰。

　　趁大语输液的间隙，我和立冬一起吃了个早餐。立冬最近很辛苦，用他的车的次数较多，有时候还是

郭志凯和唐山好人　图

需要关心一下，更体现我博爱的情怀。吃饭时，我给他添了不少猛料，鸡蛋、豆腐皮一股脑往上抻，这家安徽板面委实做得讲究，尤其是汤很浓，很合我的胃口。其实板面和河南烩面差不多，只是板面是机器轧的，很工整，一块一块的；烩面是手工做的，像一条彩带那么好看，也更有嚼头。我们两人吃了一头汗，又要了两瓶汽水，吃得倍儿爽。出门时，恰好遇到坤鹏、小白他们来拍摄大语输液的场景，我和立冬两人进了医院，跟大语唠了一会儿家常。

连续几天的油条让大家吃得很郁闷，今天我特意为大家改善伙食，油条换成了鸡蛋灌饼、葱花饼，除了加鸡蛋之外，每人还多加了一个肉丸子，还为大家准备了豆浆，应该算是很丰盛了。不过唯一感到郁闷

北京

天津
2014.8.13 - 8.1

唐山
2014.8.11 - 8.1

北戴河
2014.8.9 - 8.10

哈尔滨
2014.8.5 - 8.8

沈阳
2014.8.4

长春
2014.8.3

俄罗斯
2014.7.31 - 8.2

漠河
2014.7.29 - 7.30

塔河
2014.7.28

加格达奇
2014.7.27

呼伦贝尔大草原
2014.7.26

根河
2014.7.25

阿尔山
2014.7.23 - 7.2

突泉
2014.7.21 - 7.2

赤峰
2014.7.20

金山岭长城
2014.7.19

北京市区
2014.7.18

的是，肉丸子落在店里没有拿回去。没口福啊！

　　昨夜的一场雨，还是给大家带来了很大的麻烦，舞台车在启动时深陷泥潭无法自拔。除此之外，舞台右侧的一个水龙头也起到了坏作用，大家的洗漱用水流到泥潭里，更让舞台车雪上加霜。大家费了九牛二虎之力也无法成功将车辆救出泥潭，钢丝绳拉断了两根，木板压坏了两块，更危险的是舞台380伏的电缆线几乎被蹭破，我们拿铁锹几乎将草地翻个遍，尝试了多种方法，又找工地师傅借用了一辆大车，试了几次依然以失败告终。大家无计可施，我看上去有些无精打采，所有团队都因为这辆舞台车而停滞不前，原定于中午就要抵达天津的计划也因此搁浅。

　　曹可给康师傅打了一个电话，他在电话里说安排人尽快提供援助，我和坤鹏兵分两路，沿着南湖公园沿线驶进，希望能够找到铲车之类的重型车辆帮忙将车拖出。过了许久，康师傅来到现场，看了一下状况之后，和我们分头去市里搬救兵，在一处加油站附近找到了对外出租的铲车，司机没在，旁边和他一起做生意的同伴给他打了一个电话。等了20分钟之后，司机才出现，坤鹏开玩笑说，凯凯，你估计这台铲车帮我们拖出需要多少费用。我看了看车型说，估计要

北京

天津
2014.8.13 - 8.1

唐山
2014.8.11 - 8.1

北戴河
2014.8.9 - 8.10

哈尔滨
2014.8.5 - 8.8

沈阳
2014.8.4

长春
2014.8.3

俄罗斯
2014.7.31 - 8.2

漠河
2014.7.29 - 7.30

塔河
2014.7.28

加格达奇
2014.7.27

呼伦贝尔大草原
2014.7.26

根河
2014.7.25

阿尔山
2014.7.23 - 7.24

突泉
2014.7.21 - 7.22

赤峰
2014.7.20

金山岭长城
2014.7.19

北京市区
2014.7.18

400 元左右吧，这么远，反正只要事情能够得以解决，花点钱还是值得的，也别让人家亏着。铲车司机没有提钱的问题，他说：到现场看看再谈价格。

铲车到现场后，仅用了两个回合就将舞台车拖出，现场一片欢腾，都向师傅报以诚挚的微笑，并用掌声感谢了他对我们的帮助。铲车司机姓吴，地地道道的唐山人，知道我们音乐房车之旅是公益活动时，很感慨，当我问他应支付多少钱时，吴师傅说：你们为了这件事情走了这么长的路，来到我们唐山，这点小忙算啥，全当是我们唐山人支持你们的工作。把我感动的呀！眼泪差点掉下来。我去车里取了两瓶红星 8 年陈酿二锅头给了吴师傅表示谢意，吴师傅推脱了几次无奈收下，这是音乐之旅遇到的最值得尊敬的人，应该称之为："唐山好人"。

我们将要启程离开这个美丽的城市，奔赴下一站——天津，每个人心里面都会有些依依不舍。唐山是一座曾经被严重伤害过的城市，但经过几十年的发展，每个唐山人心里都在很努力地忘掉那段不能提及的往事，用自己的一言一行为新唐山添砖加瓦，这才使她现在被越来越多的人喜欢。唐山，我们不知道何时才能再次与你亲密接触，但你依然会出现在我们的梦里。

漠河

塔河

呼玛

根河

加格达奇

黑河

海拉尔

五大连池

阿尔山

哈尔滨

乌兰

长春

赤峰

沈阳

金山岭

北京

北戴河

天津

唐山

最后的晚餐

歌伦贝尔 八千里路

晚上 18 点左右，我们一行才抵达塘沽。本来，我们计划去天津东疆艾威国际房车的露营地做活动，但由于种种原因，未能如愿，因而来到曹可朋友的一个露营地。露营地在塘沽水魔方附近，是刚刚兴建的，所以一切设施显得不是那么理想，但整体而言，也算比较专业了！营地不大，但很干净，去的时候天空下着小雨，大家都没有带雨具，所以，在房车开往营地的时候多少还是被雨淋到，雨越下越大，大家都躲在营地大棚里休息聊天。

由于地处天津港保税区，晚上18点之后就很难找到菜市场或者说是饭馆了，露营地的张哥精心为大家准备了很丰盛的晚餐，炖河鱼很鲜。钟哥车碰坏了，在唐山修车，晚到了一会儿，他在唐山吃了饭，所以，来的时候就只剩下喝酒了。可能是离北京越来越近，大家近乡情浓，格外开心，酒喝得很快。彭钧和杜渡去塘沽酒店住了，岳旎和余爽嚷嚷着要去，跟我请假，我有点犹豫，唉，人心散了，队伍不好带了，不过考虑到姑娘们好几天都没洗澡了，就嘱咐了强子他们要好好照顾。这地方比较安静，再加上伴有小雨，没多久大家就睡了。

第二天，明媚的阳光像是在向昨天的大雨宣战，晨起，阳光有些刺眼，但空气中依旧漂浮着潮湿的味道，依然无法与昨日的瓢泼大雨脱掉干系。大雨与阳光，都有些相互想念、有些相互依恋，就像大话西游中的如来佛祖的灯芯，白天期盼见到黑夜，黑夜期盼见到白天，相互挂念、相互憎恨，但更多的还是一种想念。这种想念无法用语言来表达，只有在夜晚来临的时候，扪心自问，对遥不可及的她说一声，我很想你。这份执着的想念，虽然有可能一辈子都不能相见，但在梦里依然神交已久。

天津海湾　图

歇伦贝尔 八千里路

我、曹可、杜侑澎要去天津音乐广播做访谈，无奈暂时与大部队分离，上午 11 点就开车直奔天津。这个访谈是翟翊安排的，他由于报社的工作较忙，没有来和大家见面，微信邀请我吃饭，但考虑到塘沽离天津较远，我还担负一个重要的采购任务，就婉拒了。余下的诸位则在营地里吃了午饭，就去东疆艾威房车营地去撒花儿了！

天津离塘沽约 70 公里，需要一个小时的车程，川A 的速度很快，但依然阻挡不住曹可、我和颖哲的睡意，眼睛一闭一睁就到了天津。天津音乐广播几十年如一日，虽然楼层很高，但似乎是后来加上去的高层，仍然可见接层处的那一道痕迹，让我不由想到 Beyond 在《长城》中唱的"朦着眼睛，再见往昔景仰的那样一道疤痕"。我坐在直播间里，看着那个最重要的主持人的位置，脑海中幻想着前辈们来来去去，像过电影一样。这次，是资深媒体人翟翊特意安排了才华横溢、帅气十足的一丁来主持今天的天津音乐广播特别节目。

DJ 一丁和杜侑澎是老相识，杜侑澎是河南省大学生首届歌唱比赛冠军，一丁是第四届亚军，按道理讲应该算是师兄弟了！再加上海舟、大飞、密主播这些旧相识，聊起来就更加亲切了。我和一丁不熟，但在

电台 图

微博上也神交已久，由于对音乐都有共同的爱好，所以聊起来也没有什么隔阂。节目做得轻松好玩，话题足，应该算是一场质量很高的访谈节目。一丁特别渴望有一天在某个特定的环节当中跟大飞说一声"谢谢你"。大飞肯定会笑，他的笑容一直很灿烂，这种笑容甚至让我跟杜侑澎有些想念。一丁对于节目的控制力很好，这一点得到了我的充分认可，其实，这个认可来自东

歌伦贝尔　八千里路

疆艾威国际房车营地，不知道谁把车载电台打开了，由于是直播，大家都能听到，所以，这种认可是来自大家的。

直播在下午2点结束，一行四人错过了午饭的时间，问了一丁，天津哪里有地道的本地餐馆。城市很大，目的地有些模糊。车直行在街道中，分不清哪些是老建筑，那些是后辈的精心杰作。古城墙在向我们展示当年最美的年华，那么多俊男美女用热血、用青春编织出了我们当代的虚假繁荣。我很想停住脚步靠在古老的建筑墙上，闭上眼睛想象一下当年的英雄儿女的豪言壮语与舍生忘死的崇高理想。

由于晚上要准备庆功宴，我们要准备所需的食材。我、曹可、杜侑澎，还有摄像颖哲煞费苦心，在附近找了好几个菜市场。最终找了一个相对比较大的，但看上去有些落魄，脏兮兮的，我深一脚浅一脚地走进去，不禁苦笑了一声，但只能在这里买了，因为时间确实不多。

我买松花蛋的时候，起初问价，阿姨回答是一块五一个，我一听有点贵，跟阿姨砍价，阿姨也挺拗，就是不答应，我又问她一斤多少钱，她回答说十二元。

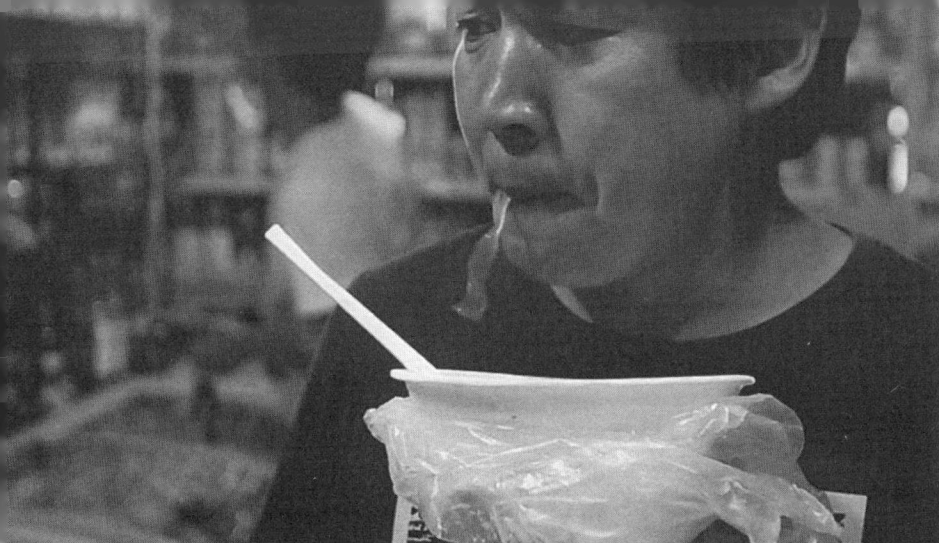

郭志凯买菜 图

北京
2014.8.15

天津
2014.　　　4

唐山
2014.8.11 - 8.12

北戴河
2014.8.9 - 8.10

哈尔滨
2014.8.5 - 8.8

沈阳
2014.8.4

长春
2014.8.3

俄罗斯
2014.7.31 - 8.2

漠河
2014.7.29 -7.30

塔河
2014.7.28

加格达奇
2014.7.27

呼伦贝尔大草原
2014.7.26

根河
2014.7.25

阿尔山
2014.7.23 -7.24

突泉
2014.7.21 -7.22

赤峰
2014.7.20

金山岭长城
2014.7.19

北京市区
2014.7.18

于是，我用一个塑料袋装了十个松花蛋在秤上过了一下分量，偷偷算了一下，十个松花蛋的价格是十二块二，这时候我不用砍价就已经知道每一个松花蛋的价格已然控制在一块二毛钱左右，所以一口气装了三十二个松花蛋，实际收费是三十五元，也预示着每一个松花蛋的价格是一块零九分，这时候已然充分了解到不用砍价的情况下价格已经降到了我想到的标准。这件事情不是说明我数学学得多好，只是偶然间的灵光一现。这些小伎俩多么庸俗，但在现实当中又是多么实用，真好玩儿啊。临出门的时候，颖哲还不断地追问我：哥，你怎么这么神奇，怎么三两下价格就低了这么多。他还百思不得其解。

我们又走进一家杂货铺，地方不大，一行四人闯进去的时候略微显得有些拥挤，杂货铺的老板一眼看上去属于那种贤妻良母型的，家庭富裕。在杂货铺买了些烟酒，而那么精于算计、把钱看得很重的我突然变得不好意思与对方砍价，这多少出乎了其他三人的意料。实际上，烟酒的价格比较透明，砍价也没什么意义。

主食还是没有着落，大家去买熟食未果的情况下，被家属院边上一个大爷的馒头铺所吸引，我很冒失地掀起了他面前的装馒头的泡沫保温箱，看了一眼，馒头很大，一看就属于那种自家蒸的，和北京需要排队购买的戗面馒头有些相似，都是那种特别用心、实在、用良心蒸出的放心馒头，看上去就让顾客有一种想吃的欲望。我一口气买了 40 个馒头，大爷一看大客户呀，脸上堆满了微笑，一个劲儿地夸自己的馒头好吃。我

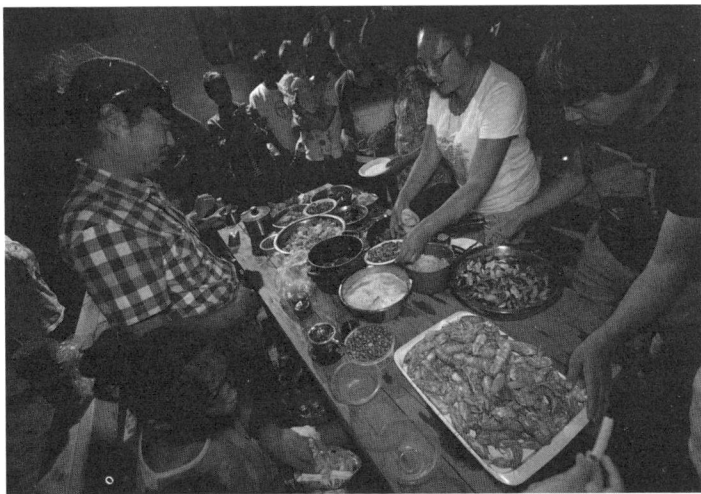

天津聚餐　图

歇伦贝尔　八千里路

北京
2014.8.15

天津
2014.8.13 – 8.14

唐山
2014.8.11 – 8.12

北戴河
2014.8.9 – 8.10

哈尔滨
2014.8.5 – 8.8

沈阳
2014.8.4

长春
2014.8.3

俄罗斯
2014.7.31 – 8.2

漠河
2014.7.29 –7.30

塔河
2014.7.28

加格达奇
2014.7.27

呼伦贝尔大草原
2014.7.26

根河
2014.7.25

阿尔山
2014.7.23 –7.24

突泉
2014.7.21 –7.22

赤峰
2014.7.20

金山岭长城
2014.7.19

北京市区
2014.7.18

对颖哲说，你看吧，这个馒头大家肯定喜欢吃，果然不出所料，不仅到了营地后大受欢迎，就连第二天的早餐也派上了大用场，否则，大家就只能饿着肚子回北京了，因为，在海边根本没有卖早点的，这当然是后话。当我拎着三大兜子馒头兴高采烈地走在天津街头的时候，涌现出一种胜利感以及对这座城市人民淳朴民风的一种敬意。

回营地的时候，车里没油了，我特意使了个坏，悄声对颖哲说，我们捉弄一下杜侑澎，我把钱藏起来，待会你看他如何加油？果不其然，到了加油站，杜侑澎二话不说，就要求服务员将油箱加满，总数370元左右，杜侑澎转身问曹可带钱没有，曹可平时也不带钱，摇了摇头。杜侑澎转而问我要钱，我说刚才买菜全部花完了，就剩了几十元钱，一听这个他慌了神，连声问能刷卡吗？服务员摇了摇头，杜侑澎翻遍了全身才找出200元钱，我们几个都把兜儿翻遍了，才凑够了钱。之后，我大声对着曹可说，赶紧给营地打电话，让他们到收费站门口等着给过路费，然后和颖哲会心地一笑。

同时曹可在一处离加油站不远的海鲜批发市场充分显示出了他的"领袖气质"，曹可看见大虾跟螃蟹就两眼放光，他用余光扫了一下我，意思很明白，"咱来点海鲜吧。"我与老板砍价数次，用最低的价格满足了所有人对今晚海鲜大餐的全部愿望。大虾、蛤蜊、海蟹，让我一次爱个够；啤酒、天津高粱酒让我一次也爱个够。

　　这顿晚餐是自给自足的，当美食端上来时，大家的兴奋之情溢于言表。期间，不知道谁在微博上发了美食图片，小赵看到之后情绪有些失落，本来说好和舞台车李师傅回到北京之后，去仓库卸音响灯光的，突然就不去了。我在电话里声音很高，但又不好意思发火，简单嘱咐了几句关于这件事情的利害关系后，就把电话丢给了尼玛，让他务必搞定，尼玛当时可能是答应了小赵可以不跟车的，但听我这么一说也急了，接过电话就和小赵沟通，最终小赵顺利完成了音响交接工作，这才让我的心放到了肚子里。

　　觥筹交错间，用美食、大酒来庆祝这个美丽的夜晚。在海边吹着小风儿，喝着大酒，并有美女相伴，还有比这些更美好的事情吗？可能是兴奋的原因，大家说了几句就开吃了，酒喝得很快，没过多久，大家就开始三三两两的小范围私聊了！唐庆喝得较多，不一会儿就晕了，抱着旁边的人就失声痛哭起来。天下没有不散的筵席，过了今晚大家回到北京之后就要各奔东西，那种别离让人不免心疼。我们甚至不敢看彼此的眼睛，因为害怕会忍不住泛起泪光。但在场的每一个人都与这次旅行当中给自己留下深刻印象的那个人互相致以深深的祝福，拍着胸脯告诉自己的不足之处以及自己引以为傲的牛逼经历，用深深拥抱来表达自己那一刻的心情。

月亮、大海作证，我们亲如兄弟。明天，回到北京后，我们将各奔东西，或许只能用电话、短信、微博互诉衷肠，或许在梦里我们能相见诉说心里话，遗憾的是现实中我们却不能常相伴，各自为生活奔波，有的只能是对这段一生中最爱的旅程的一种刻骨铭心的怀念。但28天的相聚却会永远存在每个人的心里，永远不会随着时光而消逝，它将成为每个人一生中最难忘的一刻。

远方的几盏灯闪烁出极耀眼的光芒，左边的那片海伸出双臂拥抱着我们每一个人，用眼神告诉大家我们只是遇见，但希望我们能再次重逢在这片海滩，还能在晨起的时候看见太阳冉冉升起，在黄昏的时候等待日落西山。

天津海湾　图

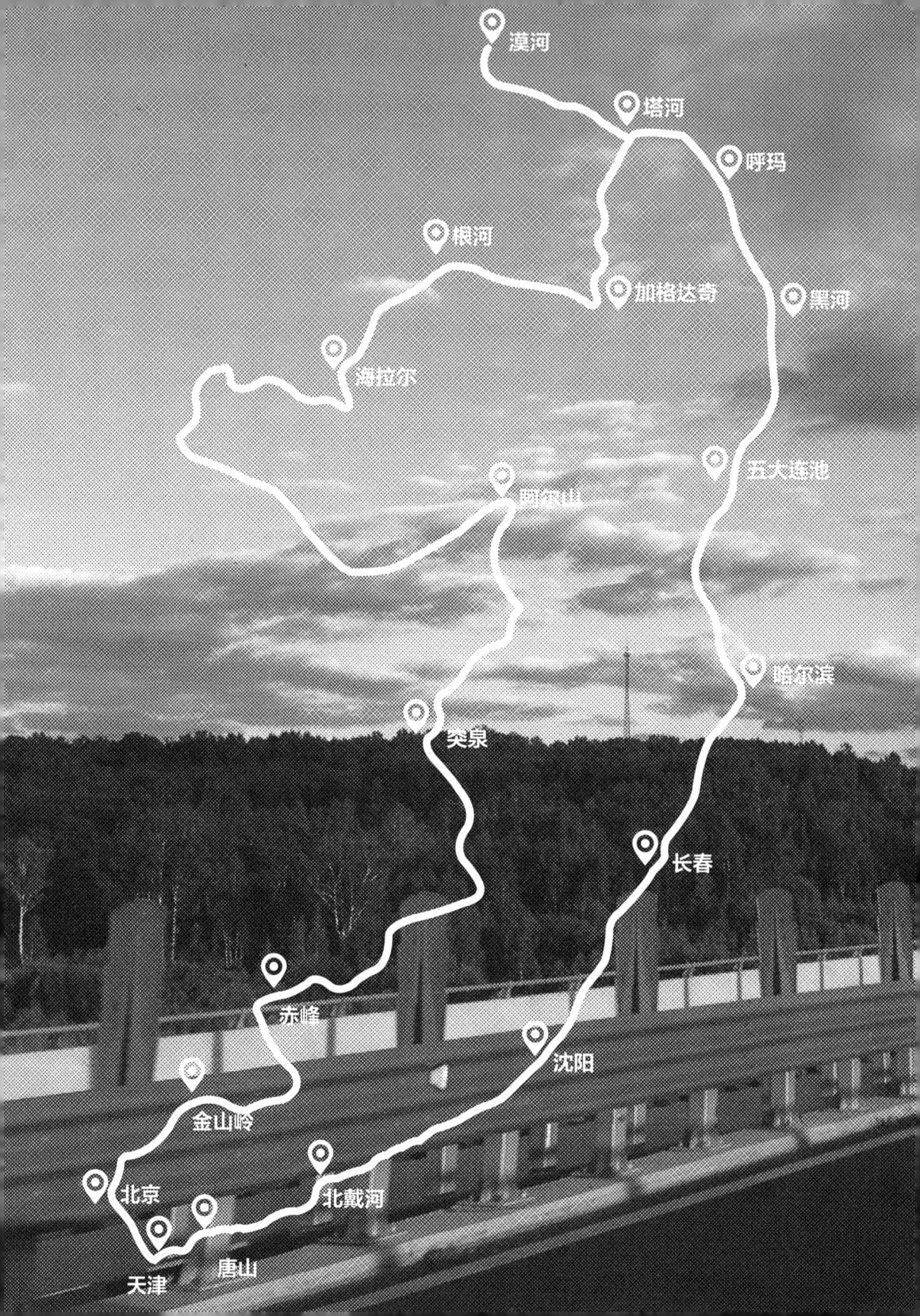

漠河

塔河

呼玛

根河

加格达奇

黑河

海拉尔

五大连池

阿尔山

哈尔滨

突泉

长春

赤峰

沈阳

金山岭

北京

北戴河

天津

唐山

八千里

8月15日，我们终于回到了出发的原点——北京，余下琐碎的事情做了扫尾，绷紧的那根弦松弛下来，每个人都做了适当的调整。突然结束了在路上的奔波辛苦，我甚至有些不知所措，那种一下子被掏空的感觉，升腾在心头。在夜深人静的时候，行程中的各种画面还一遍遍在我的脑海中回放，我试图将它忘掉，开始新的一页，可是那种念想无论如何都挥之不去，这促使我将这次旅行化为文字，告诉大家，这28天里发生了什么，又带给我们怎样的感叹！

那天，我和立冬等人去了一趟蟹岛的国际艾威房车营地，我和廖总聊了关于 24 号收官演出的事情，之前已经聊过很多次了，这次主要针对演出的细节做了详细的探讨。每次和廖总聊天，都让人很舒服，他是房车领域里做实事的人，那种说到做到、雷厉风行的风格是我非常欣赏的。

　　实际上，20 号那几天，有一个国际豪车展在蟹岛举办，艾威国际房车又是主办方之一。但他们准备的一些节目和豪车主题不是很合拍，廖总希望能邀请我们来这里演出，毕竟摇滚乐与豪车的气场相似。主办方一想挺合适，就拍板了。对于我们而言，有一个合适的场地，廖总又赞助了音响灯光还有晚宴，对歌伦贝尔房车音乐之

音乐房车研讨会大合照 图

贝斯手杜渡　图

旅也是一个莫大的支持，所以，收官之战演出就在这里举行了！

演出的当天下午，我们在蟹岛艾威房车展区的 VIP 区域，召集

歌伦贝尔　八千里路

蟹岛金兆钧说话 图

了许多重要嘉宾和媒体，来参加我们的收官之战，其实每次邀请他们来参加这样的活动，都比较忐忑，唉，又把大家请来给我们站台，心里感到特别不好意思。不过也管不了这么多了，都是亲朋好友嘛，就原谅我吧。

　　我平时挺爱听单田芳老爷子的评书，这会儿给大家来段单式开场白，请大家自行脑补：春天萌芽出土，夏天荷花飘飘，秋天树叶被风摇，冬天百草穿孝，四字并成一字，不差半点分毫，唯有音乐长相伴，忧愁烦闷全消。歌伦贝尔房车音乐之旅，历经磨难，终于取得真经凯旋。话说收官之战庆功宴，来了许多业内精英啊，三山五岳的英雄，五湖四海的豪杰，济济一堂！他们都有谁呢？有第一季主办方中国音乐家协会流行音乐学会主席、著名音乐家付林，中国音乐家协会流行音乐学会常务副主席、秘书长、《人民音乐》主编、

车友小朋友演出照 图

著名乐评人金兆钧，副秘书长、著名词作家李广平，副秘书长邵军；有"非著名"相声演员于谦，著名音乐制作人峦树，著名音乐制作人马上又；还有艾威国际房车董事长廖红斌，大陆房车总经理苏衍贞，迷笛音乐节创始人张帆，著名DJ杨樾；前国家足球队员周宁，奥运会羽毛球世界冠军女中豪杰叶钊颖也亲来助阵，另外《京华时报》文娱部主任胡建礼，网易音乐频道主编丁博，知名导演司小东，著名电子商务平台口袋通创始人白鸦，太和中道企业董事长钟介钧等等。正是豪杰英雄大聚会，做出惊天事业来！

那天，金爷滔滔不绝，把房车和音乐说得十分透彻，叫人心里那么透亮明白。他说：房车之旅给了音乐人很多灵感，反过来，音乐独有的感召力也促进了房车行业的发展。歌伦贝尔的"八千里路云和月"给流行音乐的发展很多启示，他们还会对此给予更大的支持。同时金爷还说了许多流行音乐与房车、互联网、电子商务、金融等等众多领域合作的秘诀。情真意切，发自肺腑啊！

歌伦贝尔 八千里路

大家各抒己见，主办方当然当仁不让了，曹可说道：
"歌伦贝尔房车音乐发现之旅用了一个月的时间，穿
行了将近8000公里，沿途各个城市、景区都做了表演。
我们向当地居民传达了原创流行音乐文化的精髓，另
外，我们这拨音乐人沿途中也创作了不少的惊世骇俗
的佳作，对于我们流行音乐来说，真是具有太大的探
索意义。俗话说得好，'音乐始于路上，因沿途而流行'，
我还有句话：'房车是我家，我的家很小，但我的院
子很大'，相信大家也都听说过。房车和音乐结合得
十分默契，真是互促互进啊！"
　　艾威国际房车廖红斌作为赞助方，也讲了话：歌

车友演出《变脸》图

伦贝尔房车音乐发现之旅的成功举办，表示房车文化与音乐文化结合是完全有发展前景的。房车近两年快速发展，受到了来自全国各行业的关注，现在通过音乐向大家散播房车企业文化和生活文化，十分引人注目。他还表态说：未来艾威还将继续为歌伦贝尔房车音乐发现之旅提供持续的大力支持！我们一群人当然非常高兴。

互联网精英白鸦则以他敏锐的、极具前瞻性的思维方式，赢得了在场嘉宾热烈的掌声和积极的回应。他表示也要扩大歌伦贝尔之旅的影响，让歌伦贝尔的创新、探索、发现的精神价值与互联网以及电子商务紧密结合，形成强大的感召力和影响力。在探索发现的同时，也促进沿途地区的经济发展，当然同时，也会改变各地居民的生活理念。这是多么振奋人心的好事儿！大家都很兴奋，不等白鸦说完，掌声雷动，跟不要钱似的。

　　既然是音乐之旅，音乐人的话就更有分量了。峦树、马上又以及李广平等人站在音乐人的角度，对房车与音乐共同发展提出了各自独到的见解。作为音乐家，他们十分期待未来会有专门为音乐人定制的功能设备齐全的音乐房车出现，到那个时候，音乐家沿途采风、创作、制作，都会特别方便，这也会为未来的音乐创作形式带来巨大的转变，说不定中国原创音乐的面貌甚至也会因此而改变。当然，这对房车领域，也是一个潜力很大的发展趋势，这可是难得的商机啊，各位，一定要把握住！

　　闲话休提，书归正文。当晚18:45，歌伦贝尔房车音乐发现之旅第一季盛夏之旅收官仪式暨演唱会在梦想车展梦想广场正式开始，收官仪式由著名DJ、

NewRadio 创始人杨樾担纲主持。杨樾这小伙儿倍儿帅，现场来了不少他的女粉丝。这场演出跟舞台车演出的感觉大不一样，时间充足，准备得比较充分，音响、灯光，想挑错都很难，诸多歌迷也到现场强力助阵，掌声、欢呼声都快把大家淹没了。杜侑澎、彭钧与青蛙乐队、李博凝、坤鹏轮番上阵，用轻松饱满的状态为当晚划上了一个圆满的句号。于谦、杨樾、峦树、付林、金爷等一帮好友推杯换盏，共同为歌伦贝尔房车音乐之旅祈福，希望下一季更加精彩。

行车江湖廿八日，万里吟歌几忘回。
莫言此处风流尽，他年更会一度春。
预知后事如何，且听来年分解。

黑河 美丽口岸的诱惑

文：杜侑澎

黑河边疆碑 图

清晨，雨过天晴，从疲惫中满血复活的我们推开窗户便惊声尖叫：美爆了！

我们几个自然不会是最早起床的一批，到达江边时，看到刘涛一家、段宏伟一家以及孙艺夫妇、张藏虎夫妇已经迎着朝阳在码头边完成了"清晨深度游"，尤其是几个孩子的兴奋之情溢于言表。

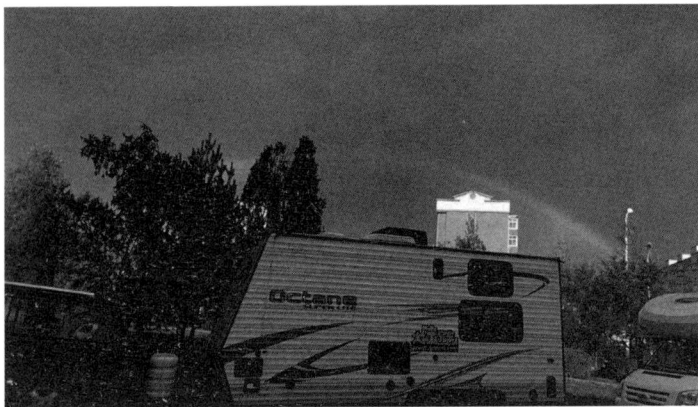

彩虹 图

呼玛是一个小巧迷人的中俄口岸城市，经过暴风雨的洗礼，尤为惊艳。通透的蓝天上白云朵朵，清澈的黑龙江水波不兴，雪白的渔政船上五星红旗迎风招展，略显陈旧的呼玛口岸建筑在阳光的照耀下也熠熠生辉，总之，这一切都让人倍感愉悦，拍照留念什么的俗套之举自然是必不可少的了。

简单的早餐过后，我们一行告别呼玛口岸，继续前进，向着被誉为中国北方最美口岸城市的黑河进发，并将从那里出境前往俄罗斯。

从这里开始，大家终于不再担心颠簸之苦，公路沿江而下，气温也十分宜人，这一路每个人的心情都好到无法用语言形容。乔锐姐平稳地驾驶着房车，心情大好的我拿出自己随身携带的小本子，写下一些也许未来会成为歌曲的文字。

此刻，一只斑翅的蝴蝶突然飞进了我们所在的房车之中，停在窗边一束小黄花上，这情景让我们顿时兴奋起来。伸出手去，它应景般地停到了我的手上，轻轻地扇动着翅膀，如同翩翩起舞的仙子，自然、美好、亲切，令人动容。

黑河 图

歌伦贝尔　八千里路

黑河头车　图

　　我和彭钧、强子、曹艺萱开始在房车上玩起各种游戏，不亦说乎，大家仿佛都回到了"少年不识愁滋味"的孩提时代。回头想想，这感觉却是自懂事以来仿佛从来不曾有过的，这旅行自然也就是万分金贵了。

　　江面渐渐宽了起来，路途并不遥远，到达黑河时正值中午，阳光灿烂却并不炎热，北方城市的美好在夏日里更加明显地凸显了出来。虽然到达之前已久闻大名，但黑河的美丽和繁华还是超出了大家的想象。在黑龙江边遥望对岸，俄罗斯的布拉戈维申斯克近在咫尺，一眼望去，建筑风格和我们所处的黑河并无明显区别，不过对岸传来的异域风情的音乐声却明确告诉我们，那便是我们此行将要去拜访的俄罗斯了。

　　由于需要等待办理出境手续，我们午饭后便匆匆前去准备办理，而当日下午黑河出入境大厅的电脑系统又出现了故障，以至于大家白白耽误了整个下午的时间。第二天是星期六，不过为了解决电脑系统故障给大家带来的不便，出入境大厅照常上班，让大家倍感欣慰。

　　车队停靠在黑河青少年宫前面的广场上，孙艺夫妇和张藏虎夫妇是典型的房车生活家，当车停好后，打开遮阳棚，拿出炊具灶具，一会儿工夫，一桌香喷喷的饭菜便上桌了，而与我老妈年龄相仿的郭吉云阿姨此刻多半会叫我："小杜，快过来吃点儿吧，多吃点儿，有。"常常令我感动不已。而钟智仑一家、刘涛一家则是不折不扣的玩家，一边等待办理出境手续，一边驾车去了中俄瑷珲条约签订的地方去寻访古迹，爱好写字的"疯狂玩家"钟哥还在朋友圈里写下了诸多的感慨展示自己的文艺青年做派。作为一个"奔五"的人，看起来跟我们年龄相仿的他精力之旺盛也让我们这些"年轻人"为之汗颜，而开朗好玩儿的钟嫂深受大家欢迎，几乎个个都分享过她力度甚强、入木三

黑河一叶扁舟 图

分的按摩功夫，痛到龇牙咧嘴却乐此不疲。

我和乐队以及拍摄团队诸位兄弟则直奔黑龙江边，在江滩上支起了帐篷，在江水中冰凉了啤酒，边喝边聊，尽情享受着江风拂面的清凉舒爽感觉。杜渡、颖哲、小康更率先脱衣下江游起了泳，让我不禁也跃跃欲试，江水虽然还是有些凉，但在祖国最北端的江水里游泳这样的事儿，就算要酷也是要体验一番的。彭钧一路上自称大叔，假装矜持，没有下水游泳，躺进帐篷当中便昏昏然睡起了大觉。

乔锐姐是我们此次房车音乐发现之旅最忙碌的人，作为后勤总管，她一路上都要考虑大家的吃喝住行，忙得令人心疼。而驾驶技术极好的她又常常要担任司机重任，以至于无论是路上还是到达站点，她都得马不停蹄地忙碌着，"女汉子"名不虚传。在黑河也是如此，大家分头行动的时候，她却一直在忙着安排办理大家的出境手续。黑河一个旅行社的兄弟帮我们安排了导游，可导游却告诉我们到达俄罗斯之后的种种禁忌，让我们在将信将疑之间对对面这个近些年一直与中国十分友好的国家产生了更加浓厚的兴趣。

英子姐作为后勤副总管，一路上帮助乔锐姐为我们大家忙东忙西，加上她大大咧咧的活宝性格，迅速成为团队里和男生混得最熟的女士，尤其是与以坤大鹏为首的视频拍摄团队"打得火热"。强子是大家的

黑河口岸大轮渡　图

活宝，深受女士尤其是孩子们的欢迎，一路上都念叨着自己可爱的女朋友并始终扮演着开心果的角色。可惜的是，由于身份信息出了点儿问题，导致他不能随团一同去往俄罗斯，我们只好将他留在黑河，一不小心之下，在黑河某洗浴中心留宿两三个晚上的他被冠名"洗浴哥"，如他所言，那洗浴中心的服务人员看他的眼神儿都不对了，让我们大家笑痛了肚子。

作为中俄边境最繁华的口岸城市之一，黑河对外贸易之繁荣自是毋庸置疑，商品种类之繁多，远远超过了许多内地城市，繁华程度也令人印象深刻。中央大街如同北京的王府井或是南京的新街口，熙熙攘攘，人潮涌动。而更加令我震撼的却是黑河的早市，每个早晨，都如同是传统庙会一般，各种分类商品分布在好几条街上，人群从四面八方赶来，形成了令人惊讶的购物狂潮。

在等待出境的时候，大家在雨后见到了惊艳的彩虹，横跨在中俄两国的上空，美丽不可方物，让我们不禁想象，难道这正预示着我们将在这两个国家、两个城市之间，架起一道音乐和友谊的桥梁吗？

歌伦贝尔　八千里路

俄罗斯 音乐无国界

文：杜侑澎

大鹏＆九丁 图

一早，我们一行近 20 人早早来到了黑河口岸，排队等候前往布拉戈维申斯克的渡轮。

在黑河停留的时候，街头巷尾到处都能看到俄罗斯商人匆忙的身影，中国的商品显然对他们有着非常

大的吸引力。黑河口岸从内部看来，与任何一个有船舶停靠的码头并无二致，商人、游客、老人的咳嗽，孩子的哭闹，大包小包的货物，长时间的排队，安检，令人不禁心生烦躁，迫不及待地想赶快登船离开。

经中国黑河口岸向俄罗斯进发，虽然与中国仅仅相隔一江水，但异国风情的诱惑依然时刻吸引着大家。在超过 2 个小时的漫长等待之后，我们终于登上了驶向异国的渡轮。我拿出了吉他，随心而发地乱弹着。

仅仅过了 15 分钟，渡轮便已停靠在了俄罗斯布拉戈维申斯克的码头。又是一番迫不得已的等待，在换了一些卢布之后，我们终于走出了海关。放眼望去，浓浓的异国风情扑面而来，极具特色的俄

罗斯风格建筑瞬间就抓住所有人的眼球，造型独特、色彩鲜艳，与中国有着明显的区别，身材高挑、摇曳生姿的俄罗斯少女更是一道不可复制的靓丽风景，让我们这一帮自称文艺青年的男人们大大地饱了眼福。

　　人口不多的布拉戈维申斯克像极了中国某些相对偏远的小城，平静而安逸。简短的午餐过后，在俄罗斯导游"大龙"的带领下，我们开始了走马观花的游览。大龙是个瘦瘦高高的俄罗斯小伙，大约有 20 岁，基本不懂中文，跟我们这帮俄盲交流必须要通过中方的导游，略显郁闷。早在几天前，诸多朋友便在朋友圈里给我们出主意，到了布市之后必须要去的地方是列宁广场、凯旋门、大学城等等。如其所愿，我们先行来到了著名的列宁广场，列宁同志标志性的手指前方的雕像之下，我们摆出了 N 种 Pose（姿势）合影留念。我又在列宁像宽大的大理石基座上来了一段月球漫步，事后从视频当中看到，耍得有模有样。

　　从列宁广场到凯旋门广场，车程不过 10 分钟而已，到达时，天空中下起了朦胧的太阳雨，整个城市在雨中更显妩媚多姿。九丁哥和我们乐队几人在雨中排队正步穿过凯旋门，小小地体验了一把卫国胜利的荣誉感。又在卫国战争胜利纪念碑前默默伫立了一会，默念这和平的时代来得何等不易。我在广场边一位俄罗斯老妇人的简易小摊上买了一杯正宗的格瓦斯和一小包花生米，共 150 卢布，格瓦斯的味道还是很棒的，而花生居然与我国的味道并无二致，小小地失望了一把（此处想起了郭德纲相声当中的喝矿泉水，不禁暗自偷笑）。

之后，我们来到了布拉戈维申斯克的市立博物馆，走进这栋从外观看朴素简洁、其貌不扬的建筑，他们的科学和严谨深深地震撼了我们。一部俄罗斯远东地区发

俄罗斯街道 图

俄罗斯路牌 图

俄罗斯美丽姑娘 图

蓄蓄和蜥蜴玩 图

萱萱和奕麟在俄罗斯喂鸽子 图

展的编年史简单扼要地呈现在我们眼前，专业程度令人惊讶，秒杀了团队成员无数菲林。诺大的博物馆，竟然只有大约不到 10 个人在为之工作，更非一群貌美如花的导游，而多数是大约四五十岁的妇人，她们也不会刻意前来为你讲解，只是静静地与你保持相对的距离，保证不会打扰到你的专注，单这一点，便足以值

萱萱、麟麟和俄罗斯女人合影 图

俄罗斯妈妈牵着小孩 图

得国内众多的博物馆学习和效仿了。

恋恋不舍地离开博物馆，我们冒雨来到了一个礼拜堂，原是希望能够找到一个比较适合表演的地方来与俄罗斯的一些音乐家进行一些交流，可这里显然条件十分有限，再加上大雨侵扰，我们这点奢望也貌似难以实现了。

我们下榻的地方是位于布市繁华区域的一座高层酒店，据了解酒店的主人也是中国人。这酒店与国内酒店没有什么实质区别，唯一让我们大家集体感到好奇的是他们使用的卫生纸，居然结实到难以揪断，质量之好国内罕见，不禁羡慕起俄罗斯广阔的西伯利亚森林让俄罗斯人几乎永远都不用担心没有绿色环保的纸巾可用。

黄昏时分，雨水已停，空气香甜。晚餐是在酒店对面电影院旁边的一个小餐厅里解决的，依然是干硬硬的面包、口味不错的红菜汤、土豆泥、一小块肉和一小份米饭，让我们不禁感叹中华民族果然是吃货民族，这些老外们吃得实在是太单调了。

夜幕降临，钟哥再度去了凯旋门所在的江边广场，并不断发送灯红酒绿的图片诱惑大家。九丁哥一声令下，我们携琴带鼓来到凯旋门广场，正值盛夏，布市一年当中最美好的时光，广场上有不少散步的人群，我们即兴地弹唱起来，从《喀秋莎》到《莫斯科郊外的晚上》再到《小红莓》，甚至是小朴同学的《白桦林》，歌声感染了广场上的不少俄罗斯人，几位身材丰满、风韵犹存的俄罗斯中年美妇直接在我们的歌声里跳起了舞，而后又搂着我们合了影，音乐似乎瞬间抹去了国界。随后，我们大家集体爬上镶在岸边的一艘二战时期的军舰合影留念，几位俄罗斯人也兴奋地加入我们，让我们一起歌唱吧，让我们一起舞蹈吧。

鉴于在黑河以及白日里导游的谆谆教诲，我们对俄罗斯的夜生活颇为忌惮，可是，在凯旋门广场上跟俄罗斯人民的友好互动又让我们觉得他们的所说言过其

俄罗斯街头 图

实，于是，在一番商议之后，我们大家决定在回酒店的路上到俄罗斯的酒吧街看一看，体验一番。如同北京的三里屯一般，布市的酒吧也相对集中，不过人流量显然小了很多，酒吧的门口，一些美貌的俄罗斯女孩和一些男生拿着酒杯聊着天，并不时地用异样的眼神瞧着我们这些异国客人，看来，导游们说的中国游客一般不会到俄罗斯酒吧的所言还是有点儿道理的。

既来之，则安之，我们选择了一家里面传来歌声的酒吧，走了进去。酒吧并不大，大约六七位俄罗斯青年男女正在高声地唱着卡拉 OK，因为没有翻译，我们在一顿比划之后，终于跟吧台的女服务员解释清楚了我们前来体验的目的。要了一些啤酒，平日里比较矜持的摄影师小康径直向一桌俄罗斯青年走去，其中一位身高约有 180CM 的俄罗斯美女也在其中，他们显然并不拒绝结识几位中国朋友，很快，他们便一同频频举杯，如同多年相识的老友一般。

我想，能与俄罗斯朋友一同唱唱歌也算是今夜不虚此行了，于是便点了两首，100 卢布一首歌，分别是《莫斯科郊外的晚上》和《喀秋莎》，并邀请了一直在唱歌的一个俄罗斯小伙一起唱。我们的歌声赢得了在座俄罗斯朋友的掌声和欢呼，那位身材高挑的俄罗斯美女也按捺不住拿起了话筒与我一起唱起来，相机记录下了这其乐融融的一幕。

第二天早晨，我们一行驱车 30 分钟来到了一个漂亮安静的俄罗斯农庄，面积虽然并不大，但精致的布局和温馨的生活气息还是让我们十分喜爱。这是一对老年夫妇的家，丈夫曾是政府机关的工作人员，也一定是当过军人，虽然已经满头白发，但坚毅的神情和挺直的腰板还是透着一股英气。慈祥的俄罗斯奶奶推开院门将我们迎入院中，坐在白色的秋千椅上，望着满园的鲜花和翠绿，我们不禁感叹生活原本应该如此简单惬意才对。

　　回到酒店附近，我们分别体验了布市中心繁华的市场和几处美丽别致的教堂。由于正值夏日，商场和街头清凉可人的俄罗斯少女让包括拍摄团队在内的男同胞们集体变身街拍达人，留下了诸多美丽。作为音乐人，看一看市场当中的琴行自然是必不可少的事情，琴行面积很小，大多的乐器都是中国制造，让我们隐隐感觉到丝丝的自豪。

　　由于下午 2:00 便要启程返回黑河并要驱车前往哈尔滨，我们不得不匆匆结束了这短暂的异国旅程，但这匆匆的一面，仍然让我们感受颇深，也许终生都难以忘怀。

歌伦贝尔，她就是个信仰

文：曹可

写书，本来是我的梦想，自从认识了郭志凯以后，发现梦想其实离我、离我们很近。凯凯的那本《那笑容是夏天的》我没看完，但是有关歌伦贝尔的这些文字，我却有幸成了先览者。

凯凯已经把歌伦贝尔写成一本书了，在我的心里，她应该是个信仰。因为她使一群"不靠谱"的人凑在一起，成就了一个包含"房车、音乐、旅行"的事儿。如果没有大家的融合，没有大家的共同努力，就没有办法完成这么一件事儿。

旅行更像是一种修行，在我们的生命中总会有无数次旅行，每次旅行都能有不同的感受。我所希冀的歌伦贝尔，它是一种万众期待的旅行，这种独有的旅行方式，会产生一种信仰。

看了凯凯写的文字以后，也使我对我们之前走过的这段行程又多了更多美好的回忆。其实更多的回忆，是一些情感——在行程中我们结下的感情。每一张面孔又仿佛出现了在我的面前，他们背后的场景是浩瀚的蓝天，是闪烁的舞台，是辽阔的草原，是荡漾的湖泊。

歌伦贝尔现在走完了第一季，我看她，仿佛就是看待一个崭新生命的开始，因为，每一个生命都会造成一个传奇，只是每一个生命都需要用它成长所带来的阵痛和力量来证明自己。歌伦贝尔，从今以后，也许就肩负着一个旅行的梦想，一个生存方式的梦想，一个人们可以憧憬自然、接近自然的梦想——然后这无数美好的梦想使我们更接近信仰。人生不是处处都是浪漫，旅途中间风险无处不在，可是人们永远不能因为风险的存在而畏缩不前，歌伦贝尔勇于探索、勇于向前的信念会带着想去远方的人走得更远。所以，就像我之前说过的：我们内有澎湃之心，举智慧之剑，展灵鸦羽翼，行龙行之势，奏凯旋之歌。

正是通过歌伦贝尔，把拥有不同个性和从事不同行业的我们汇聚在了一起，整合成了一个可以包罗万象的整体。这些文字的记录对刚刚诞生的歌伦贝尔来说，是回忆，同时也是新征程的起点。

其实我期待的歌伦贝尔，她应该给更多的生命创造更多的传奇。我们每个人的一生都有着足够多的故事。歌伦贝尔，能使这些故事进一步发生化学反应，而她也在旅行中被赋予了产生传奇的能力。

在此次行程中，每个人都有让人印象深刻的一面，文字可能都没办法一一展现。例如白鸦，在我眼里他就是一个互联网精英，在讲台上的他和生活中的他完全不同，前者是大师，后者是大男孩；钟建军，作为我们后期的合伙人，品牌战略策划人，严谨、缜密、男人的胸怀与柔情都是他的标签，很多非同凡响的经历才锻造出这样一个人，不知道他的背后又有什么样的故事；杜侑澎，一个音乐人、歌手，同时也是一个文采飞扬可以制作各种 PPT 的人；郭志凯，一个言辞闪烁、心思细腻、花钱抠门却又大仁大义的"文化流氓"。

再说我九丁吧，因为"曹可"这两个字里包含了十个口，"曹"九个口，"可"是"口丁"，叫"九丁"是为了让自己闭口。但是在文字上我却没办法做到闭口，相反因为凯凯的"逼迫"而加速了这篇文章的产生。

自从有了车以后，我走遍了全国各地。旅行给了我一个全新的人生，有时候我不记得去过哪些地方，但是却能清楚记得自己是和谁一起走的。我曾带着我母亲、我太太、我女儿，这三个我生命中最重要的女人，去过珠峰大本营，穿越过无人区。旅途上的艰辛和风险有时候是磨练人意志和思想的法宝，大自然的雄浑魅力总能使自己产生一种不知名的力量。也许正是这些旅行生活中的感受，才促使我去打造"歌伦贝尔"这么一个旅行文化的品牌。

每次旅行，都是在颠覆固有的生活，也是对未知领域的探索和感知。房车，是唯一迅速实现人们自由迁徙愿望的生活工具。音乐，凡音之起，由人心生，人和自然互相感知而动，故形于声。歌伦贝尔——自然、自由，漫步如歌的大地旅行生活。如歌似旅，每一个行程总有终点，人生旅途的结束就意味着死亡。即便行走一生，也无法使脚步遍及世界的每一寸土。活着，留下脚印，死了，躺在身影里。能留下的，是歌声，是文字，是绘画，无论是什么，最终能记得你的人，都会因为你的行动方式而感动。

歌伦贝尔，她的英文名我们译成 Golomber。其中包含 green（绿色）、oxygen（氧气）、love（爱情）、music（音乐）、beer（啤酒），旅行中所有的美好，歌伦贝尔都囊括了。歌伦贝尔是个信仰，她号召人们去体会源于自然、爱慕自然、崇拜自然、皈依自然的信仰。存善求真，心归自然，漫步如歌的旅行，见证本性的力量，达到轮回的彼岸，永远都将是歌伦贝尔的最高目标。"歌伦贝尔，漫步如歌，修于内，行于外，心以致远，源远流长，路其远兮，始于脚下。"大自然的怀抱正等着歌伦贝尔去朝拜、去领略、去发现、去探索。

我曾在这次旅途结束后没多久的一个凌晨，写过这样一首诗：

《网》

我用感激的眼睛去看世界，
总让我不忍离去，
我用心跳的节奏去听世界，
总让我充满活力，
我用呼吸的韵律去闻世界，
总能嗅到花香，
我用手触摸这世界，却摸到千丝万缕，
她那么软，那么烦，那么撕扯不断。
走出去，眼看，耳听，呼吸，当一切都感觉不到了，
原来此刻有你。
世界是一个网，我在网中央，不想破网而去，只因网中有你。

而此刻正是因为歌伦贝尔这种力量驱使我们出去、出发，去突破把我们网在城市中的这张大网，我怕的是寸步难行，这城市哪里够隐秘？然后我发现，原来不只此刻有你，而是处处有你。

故事未完待续，信仰永生不死。

现在就出发

文：彭钧

　　人生总要有一次说走就走的旅行，但惭愧的是自己活到三十多，也没有体会过这种感觉。因为演出去过很多城市，因为安排旅游过很多地方，却一直没有勇气来一次说走就走的旅行。所以当志凯和侑澎打电话给我，说有音乐、有朋友、有美景，我就心动了。而且这个电话来的时候，我正在录唱片，而歌曲的名字就叫作《现在就出发》，是不是缘分？

　　谢谢三少代表公司同意了我这个说走就走的音乐之旅。当时排练的时间只有一个星期，而吉他和鼓手全部是新人。第一个鼓手排完一次因为时间和压力临时放弃。对于演出比较有要求的我，当时就觉得这件事情是不是黄了。而且离开北京一个月，真的有很多事情是做不完和放不下的。不过已经答应也不好意思退出。最后感谢上天被我和侑澎的诚意打动，送来了鼓手强子和吉他手大语。没有来得及细细排练就带着尚在雏形的音乐出发了。第一站金山岭长城，我的行李都没有准备好，因为从来没有离开北京一个月的时间。不知道应该带什么。

开始上路才知道，四个领头人自己也从没试过这个说上去很诱人的旅行。这是流行音乐史上第一次万里长征。就像九丁哥说的，他自己都不好意思叫所有房车界的朋友，怕做不好丢掉自己的名声。但我很佩服他们在这个年纪还有梦，还能去实现梦和创造实现梦的条件。

对房车的新鲜感，很快被路途的颠簸和中国缺少房车营地而缺水电的痛苦抹掉，幸好有音乐和美景平衡了我的烦躁。每天早上七点就出发的作息时间使我这个拥有美国时差的大叔每天都是迷糊的。不过纯净的空气竟然治好了我在北京已经严重的鼻炎。

美景大家看图片就好，我就不再用惊叹号来感慨了。最幸运的是一路杀到神州北极点的漠河北极村，车队都没有发生意外。每次演出都是露天，老天爷竟然也没有下雨。我们都觉得是奇迹。十二辆房车，三十多个人一个也没有离开队伍。当站在漠河石碑前面，看着满天星星和银河演出的时候，突然觉得一路的辛苦都是值得的了。刚开始的时候我还想这么辛苦的旅行以后再也不参加了，到后来就改变成：这样美好的旅途每一次我都要参加，哈哈。在途中，认识了很多车友：龙哥、钟哥、曹哥……完全不同的生活方式让我思维开阔了很多，有一些烦恼和大自然比起来真的不算什么。"没有什么能够阻挡我对自由的向往"，这句歌词就是写给他们的。而我也觉得当初写的《如果我能飞》，只有在这种无拘无束的环境中，才能达到它的极致。

我想，我一生都不会忘记这次旅程，它也许不会像最后视频呈现的那般美好。但正是因为真实体验过，才让这次旅程完美地留在记忆中。

感谢在我最美的年华中遇见的你们，途中相伴的车友，还有来听音乐的陌生人。

歌伦贝尔 八千里路

旅行碎片

文：岳旎

　　身为工作人员之一的我，记忆是片段而琐碎的。来之前我从没想过自己会参与到这个活动中来，直到身处其中我却再也没有想过其他。这近万里的行程，就算我自己不去刻意记录，它还是真真实实地包围着我，在电脑里、手机里、耳朵里，甚至是小朋友的日记里，连走过的那些长长的车辙印，也会帮着我们来记住：歌伦贝尔，它不简单。这些用音乐来丈量旅途地平线的妙人，将会是我今后生活的绝好样板。好的旅程不是天天有，可是好的故事永远说不完。

　　我也从来没想过自己有一天会跟着这么一大群人，大家一起吃、一起住，甚至还一起做饭。如果人间烟火味可以被具象化，那我想大概就是现在这个样子了。人生好奇妙，素昧平生的人因为一件事而被紧紧地联系了起来，每个人与每个人都相关，同时每一个人又都有自己的事情。原来，不在城市里面是可以活成这个样子的；原来，每一个大事件的前奏不是只有痛苦和许许多多个抓耳挠腮的夜晚的：它不一定轻松，却一定是愉快的。所以啊，我觉得自己是个特别幸运的人，作为初出社会的社会小弱鸡，可以得到机会被接纳进这个了不起的队伍里，那句已经被说泛滥了的说走就走的旅行，是真真实实地被实现了啊。

离别随着舞台车先行回京的那一刻拉开了序幕——小部分的人离开也是离开啊。那天是在天津，阳光还非常好，傍晚在海边还有大聚餐，想起之前有过的那么多次聚餐，才发现，哦，原来月亮和月亮还是一样的，但聚餐和聚餐却不同了。就算是最后大家都回到了北京，就算是还有一部分人很幸运地能够经常见到面，那也是不一样的。

8月24号的蟹岛，是这次旅程的最后一站，回归的一站。大大的展厅里，灯光模仿星光，舞台被照得特别有重量，终于，万水千山过，似是故人来。

这么长长的一段旅程走下来，我们每一个人都会深深明白，我们都只是这个大时代下的小儿女，而那些用不完的热血，统统都会变作日后聊不尽的故事，这才是它之所以迷人、之所以会闪闪发光的地方。

好的旅程就应该是这样的：我们做了自己应该做的事，同时我们在路上又发现了新鲜的事。歌伦贝尔，有了这个名字，故事就有了开始。活在这个世界里，我们每一个人原本都只是流水线上的产物，温暖的、有趣的、特别的、感动的，只是因为遇到了我们爱的人、做了我们所爱干的事，才把原本平凡的事物从大的形容词里找出来，变成一个一个小小的记忆节点，因为歌伦贝尔，而被记忆了。

选择坚强

文：余爽

　　7 月 18 号，夜里 11 点，简单收拾了一下行李，出门打了个车，就这样出发了。夜里 3 点才到达金山岭，现在想来，这个开始好像预示着我这一段旅程注定早睡不了。20 号歌伦贝尔大部队集合，十几辆房车并排停放，场面非常壮观。当整个队伍开始驶向高速的时候，你会觉得，这是一件多么伟大的事。每个人都想要一场说走就走的旅行和一场刻骨铭心的爱情。爱情，我是还没遇到，但至少我有了一场轰轰烈烈的旅行。

　　在呼伦贝尔大草原上，我遇到了行进这么多天里的第一个难题：怎么上厕所。这一点也不夸张。在一望无际的大草原上，如果你想找个正规的卫生间是非常困难的，可以说是几乎没有。男生们比较方便，四处皆可，姑娘们可不敢如此。后来每次上厕所都要走上好远，厕所环境我就不赘述了，大家可以自己想象一下。再到后面的大兴安岭地区依然如此，我都已经习以为常了，再没有像第一次那么大的反应了。对于我们这些城市的姑娘而言，这算是一个很大的成长。

　　突泉给我留下了很深的印象，虽然在此之前，我完全没有听说过这个地名。那里风景相当美丽，随手一拍就是美景，毫不夸张，蓝天白云，天空透亮清澈，白云就像果冻一样，一层叠着一层。看着清澈的湖水，真想脱光衣服下水游泳，我愿与这番美景亲密接触，不带一丝一缕。

　　从北极村到齐齐哈尔的路上，我和灯光师在演出车上。从加格达奇到齐齐哈尔的这条路上，沿途休息区基本上都是新建的，没有任何服务项目。很不幸，我们在其中一个休息区做短暂调整的时候，发现我们的演出车出了点问题，完全启动不了，而且我们从早上9点赶路到下午3点一直都没有进食，疲惫不堪。而演出车拖着演出设备，所以开得很慢，其他车辆已经开很远了，所以再回来救助也无望，那一刻突然觉得很泄气和无助。

后来我们向附近的小镇打电话叫了一辆出租车，又找来了修理师傅，才把车子修好，但夜色已晚，已经无法再赶路。由于修理费用非常高，我们三人已经没有多余的钱找家宾馆，只好委屈司机师傅在车子后铺休息，我和灯光师赵光奥找来家网吧凑合一晚。

那天才让我真正了解自己，在面对困境的时候，我如何保持清醒的头脑去解决问题，而不是泄气逃避。很多时候对于我们90后来说，遇到困难第一反应就是逃避，总想着有父母呢，有朋友呢，他们会帮我们解决。但是这些人迟早有一天会离我们而去，我们必须在这之前学会解决问题。我不是一个软弱无助的女孩子，也不是一个处事淡然、历经沧桑的女强人，但我至少学会了如何保护自己，不至于在空无一人的环境下狼狈不堪！

从哈尔滨开始，每个人的心里都知道，往后的每一天都是分别的前奏，越来越不舍，也越来越珍惜，人，这种动物，是有多么复杂的构造，才能记得清一个月里相伴在身边的每个人的喜好和兴趣，彼此已经不再只是个打个招呼的朋友，这一个月，我们从早上睁开眼，一直到晚上睡觉前都能看到对方，这样的情谊堪比战友情谊！

歌伦贝尔在8月15号从天津站返京，这一个月的时间，穿越了近半个中国，走遍了呼伦贝尔草原、大兴安岭地区、北极村，过境到俄罗斯、火山、湿地、平原、大海、城市。每一次都留下了歌伦贝尔的足迹和美好回忆，这不仅仅是我们的骄傲，也是中国流行音乐的骄傲。

一路向北

文：白鸦

　　前段时间，俗事缠身，一直无法安静下来，都市的喧嚣让人有些躁动，总是想着逃离这里，恰好几位仁兄有了一个好玩的房车音乐之旅，于是逃到内蒙草原玩了几天。

　　我是中原内陆人，这几年到杭州才算能经常看到海，大海给我的感觉很舒畅，也让人敬畏。而草原同大海相比，又有不一样的魅力，在这里我终于找到了久违的自己。草原是那样辽阔、包容，一望无际而又脚踏实地，让每一个男人都有种"征服"它的欲望！每当早上五点半被帐篷外的鸟叫声吵醒时，看着雾气中的草原和湖泊，总是让我有种乐不思蜀的感觉，真想长留于此。

　　离开草原，穿越大兴安岭，在森林腹地开着房车，一路颠簸，随时停靠，极目所望，漫山遍野的油菜花在飘香，养蜂场成千上万的蜜蜂让人想起蜂蜜的香甜，还有流水潺潺，美景如云，秀色可餐。我们在山顶喝起二锅头，撑开车载 KTV，狼嚎到深夜，早上再被淅淅沥沥的小雨叫醒，骑上自行车环绕山路，天然氧吧！我想，如果一直在城市生活，怎会看到、享受到这样的欢乐呢。

同行的朋友是一帮音乐人和一帮房车达人，我空降过去又提前离开，仅玩了一周而已。而他们大部队一共走了28天，12辆房车，一行36人，年龄最大的60多岁，上小学的小朋友3个。他们从北京出发到赤峰、突泉、巴尔虎、满洲里、海拉尔、根河、加格达奇、塔河、北极村，然后去了俄罗斯，再回到东三省，最后走唐山、北戴河，行程近8000公里。一路上，大家白天在车上睡觉，在车下拍照、吃饭、玩耍，晚上和当地牧民一起点燃篝火，载歌载舞，用摇滚乐演绎着地方民歌，那种感觉很通透嘹亮。

这帮人极其好玩，他们热爱自然，喜欢探索，豪爽、疯狂，崇尚房车旅行这种生活方式。沿途还和当地政府有关部门互动，建设房车营地，挖掘珍稀特产。

这只是他们的第一季，后面还打算花一年的时间，冬天走遍海岸线，夏天走遍边境线，直到走完整个中国。

我们给这趟旅行取了个名字叫"歌伦贝尔"，每个字中都有一个行走的人，代表着一路行走，一路探索、发现。用人的参与和人的互动，穿越祖国的边境，组成一幅"营地"图，供所有喜欢这种生活方式的人共享。

快乐的旅程

文：刘奕麟（十岁）

今年暑假，我和爸爸妈妈参加了一个非常有意义的活动——"歌伦贝尔房车音乐之旅"，我们这个团队是由十二辆大房车组成的。在旅途中我认识了许多新朋友，观看了美景，还收获了快乐与知识。

在第一站金山岭长城，我认识了一位体形微胖、长得漂亮、画画好看、嘴巴也很甜的高个儿女孩萱萱。在后面的旅途中，我又认识了一对姐妹花，君宜姐姐和佳宜妹妹。君宜有着两条修长的细腿和亭亭玉立的身形，整个人看起来就像一颗小松树。而佳宜呢，有着可爱的蘑菇头，和一张好似苹果的小脸儿，总体看起来就像一个可爱的小蘑菇。我不但认识了许多小朋友还认识了许多大朋友，比如鼓艺高超的"西瓜姐姐"，也就是强子哥，还有长着山羊胡子、和蔼可亲的九丁先生，充满爱心写书卖钱帮助尿毒症患者的郭志凯叔叔，还有神秘兮兮的魔术师大师孙艺先生……

那一天我们来到了"北方的海边"，也就是草原上一条清澈见底的大河。但是那里也有舒服的沙滩、凉爽的微风，以及温暖的阳光。正当我们津津有味地吃着大块儿的手把肉、香喷喷的奶皮子，喝着浓香的奶茶时，我们的魔术师孙先生说："大家静一下，现在魔术时间到，我现在要把一张白纸变成一百块钱！"我根本就不相信，哪有白纸能变成钱的呀！更何况他居然要变成一百块钱，那肯定是不可能的事呀！可谁知道，他只用了三秒就把那张白纸变成了一百块！我不由自主地张大了嘴巴，简直不敢相信自己的眼睛，愣在那儿半天才回过神来。后来我也和孙先生学习，学会了一个小魔术，我开心极了！

时间过得飞快，转眼就是强子哥哥的生日啦！我高兴得要发疯了，满脑子想着要送什么礼物给强子哥哥，他才会喜欢。我想呀想，终于想到强子哥哥平时最爱睡懒觉，我应该送给他一个闹钟，每天催促他早起。于是，我买了一个漂亮的白色闹钟送给他，在那一刻，强子哥哥瞬间流出了眼泪，我知道那是幸福和温暖的泪滴。

我们又来到了蓝莓之乡大兴安岭，在那里唯一的"噪音"是鸟鸣，唯一的"污染"是松香。这里有着香甜可口的蓝莓，高大挺拔的白桦树，还有着全中国最少数的民族之一鄂温克族。在那里有许多可爱的驯鹿，我还兴致勃勃地给驯鹿们喂食物吃了呢！

在不知不觉中，我们居然来到了北极村——中国最北点，那里最热的时候都要穿绒衣，如果在北京的话早就捂出痱子来了。这让我感到十分神奇，同在一个国家怎么会温差这么大呢？但让我最开心的是我终于找到"北"了！

需要记录的太多太多，在后面的旅途中我又和坤鹏叔叔学会了拍雨滴，虽然只是一点，但是让我觉得非常有趣，这次歌伦贝尔房车音乐之旅在我的童年里留下了许多美好的回忆！

驴子 · 诗 · 远方

文：坤大鹏

上帝说要有光，于是便有了光。

文艺青年执着要有诗和远方，于是便上路了。

远方这个词语特别好听，遥远的方向，没有目的地。

就像我喜欢旅行，不喜欢旅游一样。旅游这个词更适合跟团被安排的游玩。而旅行是心灵的全新出发，即便是一个人在路上，你的内心也会有一个坚定的信念或者清晰的面孔。

创作和远方一样，永不止息。

唐代李白、杜甫、白居易、王维等自文艺少年起，一直写到文艺中年，宋代苏轼、柳永、晏几道等牛叉词人又继续着文艺。多情才子，风流倜傥。

诗可以用心想、用手写，但是去远方必须使用交通工具。所以他们开始骑驴远行，在路上。

葡萄美酒、波斯美女无不出现在李白的诗里，"落花踏尽游何处，笑入胡姬酒肆中"（《少年行》），李白酷爱饮酒、酒驾、美女，算是垮掉一代的祖师爷。

为什么不骑马反而骑驴呢？倒不是因为排量大小，油耗高低，是否保养得起。李白和皇上关系好，不缺汗血宝马，然而汗血宝马乃将军坐骑，速度太快，并不适合创作者骑驴吟诗、边走边唱。毛驴呢，则跑得慢，晃晃悠悠，更适于诗人走马观花、推敲诗句。

房车也如诗人的毛驴，随时可以停下来扎营居住。走走停停，尽收眼底风景，记录心底真情。

有时候，诗人与毛驴就像杀手和枪的密切关系。

中国古代诗人大多有骑毛驴旅行的经历，并且酷爱骑驴。毛驴就是他们的哈雷摩托，而有雨棚的两轮木车，就成了他们的房车。沿途去看森林、湖泊、鸟儿、天空，去看大海、山脉、孤独、心灵。

骑驴几乎成了诗人的标志。《唐诗纪事》引《古今诗话》中的一条记载：有人问诗人郑綮最近有无诗作，郑綮回答说："诗思在灞桥风雪中驴子背上，此处何以得之？"

当下的创作人如果不保持在路上的状态，无论文字、电影、音乐，何来诗意？

《唐才子传》记载：李白云游四方，某日登临华山，醉醺醺骑着毛驴向华山而去，经过华阴县衙门口，没按规定从驴背上下来，县令震怒，派值班民警将李白抓来堂下审问："你叫什么？第一醉驾，第二经过县衙不减速下驴行注目礼。"拿出笔墨纸张，让李白在县衙派出所录口供。李白在供状上没写姓名，只写道："曾令龙巾拭吐，御手调羹，贵妃捧砚，力士脱靴。天子门前，尚容走马，华阴县里，不得骑驴？"意思是：你问我是谁，先看我简历：我酒后呕吐，皇上用他手绢给我擦嘴，皇上还亲手给我调制醒酒汤。我写文章时，杨贵妃给我捧砚台，高力士给我脱靴。天子门前，尚且允许我骑马奔跑，不减速，不限号。你小小华阴县，竟然不允许我骑驴？这位县令虽不认识李白，但对这段佳话早有耳闻。于是慌忙下座，向李白道歉说："不知李翰林到此，多有得罪。"李白大笑，爬上驴背，扬长而去。

不由想起我们在路经五大连池时，某收费站收费员禁止我们的拖挂房车通行。我们也是天子脚下出发，皇城根里任我游。而且法律规定拖挂房车可以上高速。但该工作人员法律知识贫乏，反而为难我们。也怪我们自己才华不够横溢，没有溢出来涌向大江南北，淹没他。彼时恨自己不是筷子兄弟、凤凰传奇。哈哈！

前一段在网络上因为"杜甫很忙"重新上位回归娱乐圈的唐代"诗圣"杜甫，也有骑驴的经历，而且驾龄较长，他在诗中说自己"骑驴十三载，旅食京华春"（《奉赠韦左丞丈二十二韵》）。毛驴是他主要的交通工具，"平明跨驴出，未知适谁门"（《示从孙济》）。后来他做了官，"东家蹇驴许借我，泥滑不敢骑朝天"（《逼侧行赠毕四曜》），可见其上朝也是骑驴代步。

中唐诗人李贺，也是个终日骑驴游走在路上的主，《新唐书》本传说：李贺每天早上太阳一出，就骑上毛驴到山野间转悠，背着个古旧的破锦囊，东瞧瞧，西望望，有了灵感就在驴背上记下来，装进锦囊里。晚上回家整理成篇，出版发行，之后再骑驴途径各地签售。

此次哥伦贝尔房车之旅，和这些先辈诗人骑驴行吟很相似。第一要点：在路上。首先三位发起人的理念特别好，音乐要在路上，而不是在你所在的城市，在 live house，而不是在录音棚。在路上不仅仅是去不同的城市演出，沿途还会激发创作的灵感。就像先辈诗人词人那样在驴背上、在旅途中创作佳作。

2013 年夏天我们乐队在嘉峪关某音乐节演出，演出完我们开车去敦煌。黄昏大漠夕阳西下，你就真的能完美地理解元代马致远的《天净沙·秋思》：枯藤老树昏鸦，小桥流水人家，古道西风瘦马。夕阳西下，断肠人在天涯。

写得真好。

回想中国的原创音乐，三十年间写了几万吨歌曲歌词，但真诚与品位并存的好音乐太少。

音乐没有好与坏，只有真与假。

李宗盛老师说：创作人要走出去。

返回成都后，参加北京蟹岛的收官之旅演唱会，除了舞台唱歌表演以外，还要继续拍摄纪录片。在去的飞机上写了一首歌，还没想好名字，可能叫《心灵银行》之类的。大概讲的是我们每天把赚取来的金钱储存进银行的账户，随意支取，也让自己得到了安全感；但是寄存在岁月里的童真，却慢慢融化，再也无法回来。如果能有一个寄存灵魂或者心灵的银行，可以把所有的童真、纯真、初见等美好，全部寄存在里面，随时支取，和自己最爱的家人一起分享，等待遇见最爱的那个人，一起分享。那该有多好。

忽然间的一个剧烈抖动，使我醒来，发现关于驴子部分原来是自己做的一个梦。空姐说是强气流。

但是在此刻，飞机就是我的驴子。写的歌词就是诗。灵感由远方而来。

回到现实里面，回想了一下歌伦贝尔房车之旅第一季，我们摄制组三人：坤大鹏、何康、刘颖哲从成都开车出发，沿途经过成都、西安、洛阳、承德、北京、赤峰、突泉、阿尔山、呼伦贝尔、根河、漠河、呼玛、黑河、俄罗斯布拉戈维申斯克、哈尔滨、长春、沈阳、天津、北京，最后回到成都。耗时 40 天，总共行程 14000 公里。是一次难忘的旅途。通过此次活动认识的每一个人，都因房车在路上结缘，不一一列举他们的名字，因为本书里有他们每一个人的文字，通过文字，你可以直抵他们的内心世界。和他们神交。

房车这种公路旅行，会让你真正地思考和成长，能清晰看到自己的优点和缺点。

每个人都是。

房车之旅回来，我开始试着早睡早起和锻炼身体。并且决定每天阅读、写作，定期旅行。

我不敢称自己为诗人，但房车就是我的驴子。我也要有写传世之作的决心。于是在房车里，在路上，写了一首歌《61 号公路》。

部分歌词与大家分享：

离去的路上我依稀记得

前方那条永远笔直的公路

太阳跟随影子在前行

抛下后视镜里过往的人群

有种奇怪的感觉

我不知道为了什么而哭泣

许多的事只能在想象之中

开始或结束

但现在的我

只想躲避迎面而来的车流

如果死亡

我想我不会选择这足够美丽的地方

因为我们奔跑的公路

它并不是你想要的

61 号公路

最接近自然 最贴近本真

文：濛子

　　飞机落至呼伦贝尔机场，我就怔住了，特别简陋。我在机场里提供咖啡、茶、快食和杂货的店里坐下，点了一杯最便宜的菊花茶。我喝着这杯 50 元的快冲茶，端详着机场里神情不一的旅客，对这个陌生的北方城市充满好奇和期待。

　　从机场出来，穿过村庄、城镇、工厂、林带公路、牧场、荒芜的草场，一路上从人群嘈杂到人烟稀疏，到只看到牛羊两三只，道路也随着人密度的下降，变得糟糕。我们中途停了一下，这一停，便是"歌伦贝尔"进入我视野的第一次，一辆长得像超大集装箱的黑色铁皮车,贴着红字白边儿的"歌伦贝尔"的 Logo,那字体的样式,仿佛有巨大的力量将其震动开裂，复古而有力量。我正端详着，我们接的小伙子从修车场的屋子里走出来，我都没有打量他便问："这里面是什么？""这是音乐车。"他夹杂着地方音色的口音，让我扭过头。我看着他，笑笑，问："你叫什么？"他说："尼玛。"我怔住，然后大笑："哈哈你妈？"他又说了一遍："是'尼玛'。"我点头："对，你妈。"

　　颠簸了两个时辰，路上大家三言两语地聊着，更多时候，颠簸得发不出声音。

　　如果你是受不了颠簸、忍不了蚊虫、想看辽阔又不愿探索的货，我劝你，房车和你真的绝缘。我在第一次看见营地的刹那就了解到这一点……

　　营地最有感觉的不是在草场，不是有个圆形篝火广场，不是野花遍地，不是不远处的蒙古包和三三两两的马；而是近十辆不同款型、不同规格的房车围成的自然营地隔离带，而草场在房车外面的感觉就是下了台阶的院落。

夜幕如期而至，吃过晚饭，空气的温度让你有种错觉，仿佛进入另一个世界，蛙声连连，湿冷的空气，抬头看过去，高远的天空繁星密布，听过的轻音乐一下子与现实吻合，整个人为之一振。

草原上篝火点起，星星点点的人聚集起来，此时房车开始发挥它的美妙，完美的场地背景，篝火舞台搭建起来以后，映衬得时光交错感十足。

当音乐响起，我才懂得此行真正的意义。那些我不知道名字的脸孔，他们在舞台上显露出截然不同的魅力。音乐像是咒语般，唤醒身体内的灵魂，从麦克风传出来的不是一首歌，而是一种痴迷。台下，时而安静，时而兴奋，有人随着和唱，这就是 live 的魅力吧。我旁边坐着三个本来在打闹的孩子，当听到音乐时，自觉地停下，一起和唱，姑娘告诉我，一路上演出无数，主打歌太好听，早已学会。

篝火映衬出夜的魅力，然而在音乐面前，这点缀变得微乎其微，我们挤过人群，站在舞台正前方，音乐的共振声让心一紧。彭钧与青蛙乐队上台，当歌声响起，摇滚开始，草原的气氛被完全挑起，人群攒动，里面除了工作人员，更多的欢呼声来自于草原和呼伦贝尔的人们。每每想到当时的场景，我越来越记不起细节，更多的是场景感。

那种和兄弟姐妹在一起时的自在，酣畅淋漓的奔跑，感受从耳边吹过的风，清晨时鸟儿的啼鸣声，还有早晨遥远地平线上慢慢延伸的暖黄色光照，和打开水龙头那沁人心脾的冰凉感，被冰水激一下后，手一缩然后大笑的畅快感，我都记得，这些感受，仿佛形成屏障，笼罩起我，霎那间回到本真的自己，不加掩饰和伪装，那么赤裸地和大自然接触。

春田

文：段大哥

真正的美景，永远在路上。

（一）突泉

突泉是一个会永远留在我记忆里的地方。在那里，我感觉到了前所未有的惬意。我感受到了和自然的亲近。我是属于自然的，自然是属于我的。

那里的天、那里的云、那里的空气都是透明的。在那里，没有什么不属于自然。就连蒙古包都是蓝天白云一样的色彩，和自然相融一体，简洁和谐。那里的牛马会停下吃草，抬起头颅，不卑不亢地待我为它拍照。就连这里的鸡鸭都悠闲自得地在小路上散步，不怕人，不撵人。更不要说草丛间的小虫、天空中的飞鸟。对了，在那里，我第一次观察到飞鸟是可以拍打着翅膀原地停留的。它为何而驻足？是发现了猎物，还是美丽吸引了它的眼球？

离蒙古包不远处，沿着一条小路，穿过草地疏林，三两分钟的路程就可看到一片湖。它如一个文静的少女，又如一个寡言的小伙在蓝白变幻的天空下，在远山碧草间静默着。亲爱的，你等我们很久了吗？湖面上没有一艘船，湖边沙滩旁，树荫下的凉亭里，座椅已经斑驳,这就更添了几分静谧。湖的对面似有一些高大的现代建筑,那里也许很热闹吧!相比而言,我更喜欢少有人来的这一隅。

这里的一切都是透明的,大大的太阳无遮无拦地照射下来,晒得人皮肤发烫,不敢久留。决定傍晚明早再来和她相伴。然而太阳下这一怯懦,造成了这一次后我的一大遗憾。还好回归途中,我不忘回眸。许是有风吹过,远处湖面上居然翻起一尾尾、一簇簇白。似翻起的鱼肚白,又似奔走中的羊群,又似湖面上游走的鸭群。好美!

(二)养蜂人

路过一大片难望边际的油菜花地。花开得肆意,黄得灿烂。

我们下车舒活舒活筋骨。油菜地旁空地上停着一辆大货车,还搭着一顶帐篷,下车一看才知是一养蜂人家。

几句搭讪,养蜂人回帐子里,切了西瓜要大家同享。两个女儿由于怕被蜂蜇,呆在车门口,不愿下车。被蜂农的女儿看到了,上前把她们拉了下来。我顺手把蜂农的两顶帽子扣在她们头上,实在可爱!她们被拉进了帐子,我也紧随其后。这个小姑娘同我大女儿同岁,身高也差不多,眉清目秀,格外水灵,眼会说话,眉毛会笑,两个酒窝似盛了蜜般甜美。笑能醉人,我今儿可真信了!再看那忙着招呼众人吃瓜的女主人,身材窈窕,肤质细腻,明眸皓齿,顾盼生辉,望之不俗。像极了红楼梦中的人,像晴雯,似探春,还是湘云,我也说不好。总之,俊而不俗,端庄而又不失活泛。

走出帐子,看到了帐子边的三代男人。老人正坐在帐边从一些小如蜂窝状的塑料格子里往外腾蜂王浆,老人告诉我大概流程,好麻烦啊!这东西必须得卖高价钱,要不然,都对不起这些工序。这家男主人个头不高,言语之间尽带着诚挚和淳朴。儿子八九岁上下,长得像父亲,看起来很结实,有些害羞。他们是南方人,一年四季走南闯北地赶花期。平日里,妻子带着儿女在老家上学,假期一家人才住在一处。在这个前不着村后不着店的地方，他一大早骑摩托赶往八十里外去买了菜来。

听说大家都未吃午饭，女主人已在帐子里张罗做饭了。有了刚才和蜂农的交谈，这顿饭我是坚决不忍在这里蹭的。我又回到了车上，和他一起谈论着养蜂人的生活，谈他们的辛苦，谈他们的真诚，也顺便说说女主人的俊，红伟也说这家女主人完全不像从农家走出来的。确切地说，我感觉她像是从书中走出来的。

我叫孩子们把她们的零食拿下去和姐弟俩分享。并把早上泡好未来得及炒的半盆木耳送了去。一会儿，这家小姑娘又拿着蜜蜂巢片（稠稠的蜜汁直往下滴）给我们挨着车地送。

我拿什么感谢你们呢，我至诚至亲的老乡？我决定去买些蜂蜜，我说：我想要他们最好的蜂蜜。男主人说：车上最好的是椴树蜜，就是太贵，五十元一斤。男主人还告诉我，他们一家都是基督信徒。身上现金有限，我买了多半壶！

再见了，快乐的养蜂一家人，祝你们幸福，永远！

（三）根河之恋

路经大面积的湿地，坑坑洼洼，车子沿前面车辙谨慎慢行，一路颠簸，苦了车子，乐了孩子。伴随着每一次跳坑，必有孩子笑语相伴："哦，跳跳床喽！"甚至为了全身心地感受，她故意躺到床上去了。

草原真大，多少日了，也没能走出。今儿终于得见树林了，一棵棵高大挺拔的树，密密层层，树下是紫白黄红各色野花，美不胜收。一家人被美景吸引，下了车，进了林。俩孩子刚下车，立刻卷回——太多飞舞的蜜蜂。我也怕蜇，上车。只留下勇士一个拍照。

穿过一段长长的林间小路——曾经用来往山外运木材的小铁道路基，终于拐进了一个大院——大兴安岭房车营地。一座纯木质的现代建筑呈现在眼前，高大上，绝对有！先头部队已搭好了舞台，正在备演。

太饿了，这一晚的鱼格外鲜，馒头格外香。不饿，馒头也香！晚餐快结束时，女儿口无遮拦地说："妈妈，那个姐姐为啥要偷馒头呀？"扭头看去，那个北京小妞许是受了我的启发，正在给馒头打包，神态肢体有些羞怯而已！

饭后不多时，夜幕便降临了，一天的冬季也伴之而来！女儿穿上羽绒服，和郭志凯先生一起向观众席上散糖，和姐姐一起台前台后看演出。晚会上，一蒙古小男孩的激情演唱及一男士真情奉上的当地原创歌曲《根河之恋》给我留下了深刻印象。小小歌唱家麟麟早早轻车熟路地演完自己的节目，便和我们告别，一家人到城里去过现代人生活了。即便是短暂的分别也让我和孩子有些小小的失落。

不过这一路上的所见所闻所感，都在我和孩子的心底留下了深刻的印象。

行驶在草原上

文：张藏虎

年初，在世界第 80 届房车露营展览会上，得知北京某文化传媒公司要在暑期组织去内蒙古、东三省义演旅游活动。这恰好也是我打算要去的地方，即向组织者曹可、梦之旅厂报了名。按照通知要求于 7 月 17 日赶到金山岭长城集合。

7 月 15 日傍晚，我们和南京的孙艺就到了金山岭长城。

我们支好桌椅、锅灶，拿出锅碗瓢盆开始了长城脚下别有风味的野炊。这时，引来无数旅游者和当地老百姓，他们里三层外三层像看玩猴儿的一样。好歹我们对这个场面也习惯了，问车答车，问吃答饭，我们该干什么干什么。南京孙艺两口子做的萝卜炖骨头、米饭；我做的面条、东北乱炖，吃得津津有味。抬头眼望长城，这条东方巨龙好像也张着大嘴和我们同享野外的美味佳肴。

金山岭的演出非常成功，各路音乐家也当场祝贺，几个乐队的演出相当精彩，给本就热闹的金山岭景区更是增添了一份摇滚高潮，时尚且热烈。

第二天我们启程赶往下一站，在路上层峦叠嶂，视野开阔，心情大好！

车队一开始行驶速度还慢一点，草原的高速路和我们内地不一样，它是开放的，牛、羊、人、拖拉机都可以在上面走，并且不远就有一个收费站，都是 15 元（但是车很少）。

按照这个速度行进要耽误事的，人家都集合好了，我们演员还没有到，那就误大事了。领队在对讲机里传出，我们要加快速度，保持在 110 迈左右，争取在下午 3 点前赶到突泉县，每车可以自行掌握速度，但是要绝对保证安全。我和南京老孙老郭都是五六十岁的人了，这么跑车有点较劲。我是没有问题，就担心南京老郭五十多岁老太太了，她一人开车能吃得消吗？

领队考虑到了这一点，利用电台、对讲机举行唱歌、猜谜语、讲故事等活动来活跃气氛。车上的小朋友们也参加到这个空中大舞台中了。好热闹呀！

其实在我幼年时就非常向往美丽的呼伦贝尔大草原——蓝蓝的天上白云飘，白云下面马儿跑，挥动着鞭儿响四方，歌声多嘹亮！

这次，是我自己开着房车要奔驰在美丽的呼伦贝尔大草原上，心情甭提多激动了，不知不觉油门加大了，我的车像一个活蹦乱跳的小白兔，奔向美丽的呼伦贝尔大草原。我是头车，在拐弯处，从倒车镜里向后看去，其他车辆都是如此，看来车友们和我是一样的心情，一样的感受。

在一望无际的草原深处，我们停下来。好好地陶醉陶醉！

行驶到傍晚，本来计划再赶往海拉尔，因为前面修路，房车过不去，天又黑了，只好临时决定在湿地露营了。哈哈！正好！我们总算在草原上过夜了，车友们欢呼跳跃起来！我一辈子还没有在草原睡过觉，更没有在草原的房车上睡过觉，车友们那个高兴劲甭提了。

这里没有小卖部、超市，听当地牧民讲5公里外有小超市、小卖部，在那里可以买到蔬菜、水果、肉食品、生活用品。第二天我开车拉上几个车友就去采购了。回来时一个房车装不下，正好工作车从市里回来路过才把买的东西装上。

当天晚上，队伍在草原上举行了草原激情摇滚音乐会，还有内蒙当地的音乐家到现场助阵，真正见识了内蒙三宝：马头琴、呼麦、长调。真是高手在民间呀，直教人惊叹不已。在演出舞台另一边，还点燃了熊熊的篝火，大家一起围着篝火看着精彩的演出，这种"待遇"还是第一次享受到呢！篝火映红了夜空，映红了人们的笑脸，也在人们心中留下了一抹永远艳丽的霞光。

后记·一生所爱

文：郭志凯

　　给自己所写的文字做一个总结是一件痛苦的事情，唯恐自己写得不够周全，会遗漏哪些亮点。人有时候好奇怪，写的东西越多越小心翼翼，我朋友说那是一种进步，说明你对自己的文字不满意了！我权且信了吧！

　　现在，我写这篇后记的时候，距离歌伦贝尔房车音乐之旅结束快四个月了。将写过的文字重新过滤一遍，把以前发生的事情回放一遍，真的好纠结，而此刻，那些画面迫不及待向我袭来，每一个参加过这次音乐之旅的兄弟姐妹，还有我们每天遇到的每一个人，都像一个个音符，错落有致、行云流水般在黑白琴键上舞动，声如天籁，那么动听。

　　这此音乐之旅从策划到实施，断断续续足有一年的时间，其间反复论证多次。最终大家齐心协力做了这件极其荒谬的事情，或许，"荒谬"这个词有些刺眼，但我现在还是想用这个词来形容我的心境。鲜有赞助，哥们儿几个拿着以前赚到的血汗钱，为理想抛头颅、洒热血，用"可歌可泣"形容一点都不为过。有人说我们是第一个吃螃蟹的人，而我只能用我们的这次壮举来告诫那些对理想充满渴望的青年人，情怀有时候啥都不是，别被她虚伪华丽的外衣蒙蔽了你的双眼，仰望星空还需脚踏实地或许才是正解，哥们儿就是被星空的美丽迷失了方向，从而不能自拔，继而伤痕累累。

可是，既然爱了，既然做了，也就没有什么后悔的，年轻的时候谁还没有一些牛逼闪闪的耀眼往事。说来挺悲壮的，在路上，我每天都是最后一个睡觉最早一个起床，每天为大家的衣食住行操心，每天都在祈福能够安全到达下一站，甚至每天都在期盼凯旋的那一天早日到来。

其实，我曾经无数次梦想过"说走就走的旅行"，无奈身在红尘，总会有太多的俗物缠身。我不太擅长将浪漫情怀付诸实践，所以我的爱人总是抱怨我是一个生活极度乏味的男人。而在我看来，如果能在工作中游玩，两者兼顾，则再好不过了。可惜鱼与熊掌不可兼得，带着工作来玩，是玩不好的，我太需要出去走走，需要放弃杂念，真正地享受生活，那样我的生活一定会有翻天覆地的变化。或许，这是我将音乐之旅付诸实施的最重要的原因。

从金山岭长城启动行程的那一刻起，一帮人就注定要在近一个月的时间里一起生活。我们浩浩荡荡的走了 7000 公里，历经诸多磨难,有快乐有悲伤,我们都被旅途中的各种片段或多或少地影响着,甚至被各地不同的风俗习惯冲击着本已形成的价值观。

犹记得连夜去突泉的那个夜晚,急行军彻夜未眠,让我胆战心惊,夜晚那么的漫长,寂静中有了一次反省人生的良机,我甚至把自己的前世今生都翻了一遍,哪些事情留下了遗憾,哪些事情让我开心,都一股脑的向天上的星星、向身边的朋友倾诉。那些压在心里很多年的故事,再次忆起。那一刻,对着天空默默地发了许多誓言,虽然到现在誓言的内容大部分遗忘了,但那双手合十的虔诚模样则永远飘荡在脑海里。

沿途看到各地的人民,他们也许从来没有到过城市,没有见过那么多的高楼大厦、车水马龙,从来不知道什么是浮世繁华,但每一个人脸上的那种幸福感仿佛与生俱来。他们永远都学不会商人的狡黠,总是微笑着将他们丰收的果实拿来请你品尝,让你受宠若惊,甚至让人有种回到家乡的感觉。

在漠河遇到的那对青年夫妇,不怎么爱说话,偌大简陋的院子里只有他们两个人生活,每天中午和晚上招待一些游客,用公平的价格来挣取满足他们日常所需的有限钱财,与那些牟取暴利的不良商家形成强烈的对比,显示出他们良心的可贵。闲时,他们可以在院子里浇水种菜,偶尔笑声低语几句。女主人跟我说起话来,还会微微脸红。我在想他们会不会去海边牵手漫步,沐浴着夕阳互诉衷肠?只羡鸳鸯不羡仙,这不正是陶渊明笔下的桃花源生活景象吗?但我真的没有勇气像他们这样生活,偶尔和爱人小住可以,长久住下去真的没戏。

我也很想念唐山那位将我们舞台车拖出困境的大哥,他竟然不收我们一分钱,其实就算他漫天要价我也不会不给的。众所周知,车辆租赁并不是每天都能赚到钱,有时候甚至一个星期都没有顾客,也许当时大哥的装载机就等我们这一个活儿养家糊口呢!我真的感动得都快哭了,大哥难道是火星来的不成?想起甘萍唱的一首歌《大哥,你好吗?》送给你,过几天等这本书出版之后,我会亲自到唐山拜访你的,咱俩一醉方休,等我哦!大哥!

旅途中让我万万没想到的是,我和伙伴相识 20 年了,居然为了一件小事在众目睽睽之下争吵,如果不是顾全大局,我估计我俩打一架的心都有。最要命的是,我居然在大庭广众之下放声大哭,哥们儿以前是多么坚强的爷们儿呀!受再大的磨难都没哭过,那一次真的是声泪俱下,具体为了什么,我还真想不起来了,就是心里难受,就是想哭。正是从那晚我才决定戒酒,将我们发生的故事写出来和大家分享,此刻,应该给伙伴鼓鼓掌,如果没有那次争吵,可能就没有这些文字了!

最让人痛心的是,有很多地方都被商业侵蚀的面目全非,记得在草原上,曾看到一个蒙古孩子跟着他的妈妈捡垃圾,还有他向我们痛诉外来人给草原带来的不良影响,现在想起来心里还是会很难过，如果没有这些因素，大自然或许能焕发出更多的魅力——我总是更歆羡那些未被开发的原始丛林。

在内蒙和东北绕了一个大圈子，回到北京后，发现我整个人一下子安静了许多，以前那种张扬的性格有了收敛，这可能是我音乐之旅最大的收获，这可能就是传说中的成熟，我正在享受这种感觉。

前几天重温了一下星爷的《大话西游》，再度听到卢冠廷的《一生所爱》，遥想我们的歌伦贝尔房车音乐之旅，不是也在寻找一个梦吗？心中再度泛起涟漪，这首歌距今整整二十年了，再次听到心里依然会有悲伤，你会不会像我一样被迷倒……

一生所爱

从前现在过去了再不来

红红落叶长埋尘土内

开始终结总是没变改

天边的你飘泊白云外

苦海翻起爱恨

在世间难逃避命运

相亲竟不可接近

或我应该相信是缘份

情人别后永远再不来（消散的情缘）

无言独坐放眼尘世外（愿来日再续）

鲜花虽会凋谢（只愿）

但会再开（为你）

一生所爱隐约（守候）

在白云外（期待）

苦海翻起爱恨

在世间难逃避命运

相亲竟不可接近

或我应该相信是缘份

苦海翻起爱恨

在世间难逃避命运

相亲竟不可接近

或我应该相信是缘份